新　潮　文　庫

青　雲　の　門　出

やったる侍涼之進奮闘剣

早　見　　俊　著

新　潮　社　版

9492

目次

青雲の門出

やったる侍涼之進奮闘剣

第一章　江戸出仕

一

文政四年（1821）の如月《きさらぎ》十日。

江戸を梅が彩《いろど》った頃、沢村涼之進《りょうのしん》は神田鍛冶《かじ》町一丁目にある中西派一刀流樋川《ひかわ》源信道場にやって来た。

涼之進は肥前国諫早《いさはや》藩三万石、武芝伊賀守《いがのかみ》政直の家臣、といっても二十石取りの平士の身分である。諫早城下において行われた剣術試合で優勝し、江戸での剣術修業を許され出府して来たのが十日前だった。黒地木綿の袷《あわせ》と仙台平《せんだいひら》の袴《はかま》に身を包んだその姿は、取り立てて長身ではないが、岩のようにがっしりとした身体《からだ》、目や鼻、口が大きく、眉《まゆ》も太い。夏の最中ならいかにも暑苦しい面体である。

懐中を探り、国許《くにもと》で通っていた道場の恩師塚原兵庫の紹介状を確かめてから道場を見上げた。往来に面して建つ道場からは活気のある声が聞こえる。それを聞いただけで涼之進の気持ちは高ぶった。藩邸での窮屈な暮らし、望郷の念を募らせていただけに、それが一時的にせよ忘れられる。夏の虫が灯りに吸い寄せられるように武者窓の傍に立つと、格子《こうし》の隙間《すきま》から中の様子を窺《うかが》う。

紺の胴着に袴を穿《は》いた門人たちが激しく竹刀《しない》で打ち合っている。国許の道場とは門人数はもちろん、稽古《けいこ》の濃厚さも桁《けた》違いである。

それを見ただけで頰が綻《ほころ》んでしまった。

「やっぱり、江戸は凄《すご》いたい」

初めて江戸勤番になった喜びを感じることができた。腕が鳴るとはこういう時を言うのだろう。勇んで道場に入ろうとした時、

「覗《のぞ》き見はいけませんよ」

背後で声がした。女の声だ。しかも、うら若き娘のようである。不意に声をかけられ、涼之進は身体がびくんとなったが、相手に不審の念を抱かせてはならないと自分に言い聞かせて振り向いた。

「御用がおありなんですか」

娘は歳《とし》の頃、二十歳くらいだろうか。背は高くはないがすらりとして、目鼻立ちが整っている。唇には薄く紅が引かれ、娘には不似合いな力強い眼差《まなざ》しが気の強さを窺わせた。これが、江戸の娘かと思うと緊張の中に甘酸《あまず》っぱい気持ちが混じった。

「おいは、あ、いや、拙者、肥前諫早藩武芝家中、沢村涼之進と申します。本日、樋川先生に入門致したく、まいった次第」

涼之進は相手が何者かはわからないが、礼を失してはならないと丁寧に挨拶《あいさつ》をした。それが功を奏したのか娘は表情を和ませた。

「父に入門なさるのですか」

そうか、樋川源信の娘か。無礼な態度を取らなくて良かった。

「父と申されると、樋川先生のお嬢さまでいらっしゃいますか」

「美鈴《みすず》と申します。どうぞ、お入りになってください」

涼之進はぺこりと頭を下げる。美鈴は背筋を伸ばしたまま道場の木戸門を入った。微風が吹き、美鈴の甘い香りが鼻先をくすぐる。

——よかもんたい。

江戸の娘の魅力を感ずる。

浮かれた気分になりながら右手にある道場に向かった。てっきり、美鈴が樋川に引

き合わせてくれるものと思ったが、

「入ってすぐ右手が支度部屋になっております。間もなく、稽古は休憩になりますから、それまでそこでお待ちになっていらしてください」

美鈴は手馴《てな》れた様子で案内だけするとさっさと涼之進から離れた。きっと、入門を請《こ》うてくる者は後を絶たず、涼之進も大勢の入門者の一人に過ぎないのだろう。それを裏付けるように、美鈴は涼之進に対してそれ以上の関心は示さずさっさと母屋《おもや》に入って行った。涼之進は言われた通り、玄関を上がり右手にある板戸を開けると支度部屋に入る。畳が敷いてあるだけの殺風景な六畳間だ。畳にしても縁《へり》が擦り切れた古びたものだが、それだけにかえって樋川道場の質実剛健さが伝わってきた。

部屋の中央に座って板戸を開けたまま稽古の様子を眺める。気合いの入った稽古にたちまち引き込まれる。竹刀がぶつかり合う様にはいつ見ても血が騒ぐ。居ても立ってもいられない。逸《はや》る気持ちを抑え休憩になるのを待った。程なく休憩に入ると、見《けん》所《じょ》で座っていた樋川源信が腰を上げ、ゆっくりとこちらに歩いて来る。涼之進の胸に緊張が走った。

「沢村殿か」

源信は支度部屋に入って来て正座をした。

「沢村涼之進です。どうぞ、よろしくお願い申し上げます」

涼之進は両手を膝《ひざ》に置いて頭を下げ、塚原兵庫の紹介状を差し出す。源信はそれを受け取り、さっと目を通した。紹介状には涼之進が諫早城下で行われた剣術試合で優勝したことも記されているが、源信は格別感心した様子もない。きっと、道場にはそんな連中がごろごろしているのだろう。

源信は痩《や》せてはいるが、貧弱ではなくがっしりとした身体つきだ。歳は四十半ばといったところか。眼光が鋭く、いかにも優れた剣客を思わせた。

「承知いたした。本日より修練を積むがよい。早速着替えよ」

「ありがとうございます」

涼之進は勇んで立ち上がる。思い切り稽古ができる。涼之進は着物を脱ぎ丁寧に折り畳むと、紺の胴着と袴を身に着けた。面、籠手《こて》、胴も素早く装着をする。竹刀を持ち、道場に出た。素振りを繰り返す。新入りの涼之進に数人の門人が目を向けてきた。

「みな、聞け。本日より入門した諫早藩武芝家中の沢村涼之進じゃ」

門人たちは稽古の手を止め頭を下げた。その折り目正しい所作に好感を覚え、涼之進も周囲に頭を下げた。

「されば、稽古を再開する」

源信が言い、涼之進も竹刀を交える。打ち合うごとに身体が燃え立つ。その内、

「お手合わせ願いたい」

と、一人の男が前に出た。

涼之進に異存があるはずはない。それどころか、入門早々の男の相手をしてくれることに感謝と興味を覚えた。

「よろしく、お願い申す」

涼之進もそれに倣《なら》う。

二人は竹刀を交える。面で顔はよく見えないが、涼之進と歳は変わらない。二十七、八といったところか。すらりとした長身から繰り出される一撃には迫力がある。竹刀を交えただけでこの男が並々ならぬ技量の持ち主とわかった。うっかりしているとやられてしまう。何事も最初が肝心だ。遅れを取ってはならない。

「どう！」

涼之進は大きな声で男を威圧した。その雷鳴のような声は門人たちの竹刀の音や気合いを引き裂くほどの大きさで、一瞬、竹刀の動きが止まったほどだ。ところが、相手はひるむことなく、打ち込んでくる。涼之進はうれしくなった。

しばらく竹刀を打ち合う。

汗が滴《したた》ってくる。

ところが、相手の動きは鈍らない。鈍らないどころか、その太刀筋は益々《ますます》冴《さ》え渡る一方だ。

涼之進は次第に板壁に追い詰められていく。しかし、負けたくはない。

江戸者になんぞ、負けられるか。

そう気張ったが、ふと、相手の素性をしらないことに気がついた。

が、今はそんなことにかまっている場合ではない。ひたすらに押して押して相手を圧倒するだけだ。

「たあ！」

大きな声と共に相手を押す。

男はわずかに後方に後ずさった。

——よし。

面を打ち込もうと竹刀を大上段に振りかぶった。

と、

「胴！」

初めて発した男の声は涼之進の敗北を告げた。やられたと思った時には相手は風のように涼之進の横を走り抜けた。

「やられたと」

涼之進は素直に負けを認めた。相手は面を取った。細面のやさ男然とした男だ。汗一つかいていないその様子は手練《てだれ》の剣客というより芝居の最中の役者といった風である。

「諫早武芝家中の沢村涼之進でござる」

「船橋松林家中、仙石誠之助《せいのすけ》と申す」

誠之助は微笑《ほほえ》んだ。ここが幕府官許の芝居小屋江戸三座の舞台の上ならば、大向こうから声がかかるだろう。

「仙石殿、お強いですね」

「いや、まだまだ未熟」

「ご謙遜《けんそん》を」

「謙遜ではない」

「わたしの胴を取られたではございませんか」

「失礼ながら、樋川先生から一本を取ったのなら、己が腕も誇れようが、今日入門されたばかりの貴殿から一本取って、それを自慢できようかな」

いかにも理路整然としている。嫌味な物言いだが、誠之助の凜《りん》としたたたずまいはそれがかえって似合っていた。

「これは、まいった。貴殿が謙虚なんではなく、おいがうぬぼれておったですたい」

涼之進は頭を掻《か》き、「一本取られたたい」と呟《つぶや》いた。

「素直なご仁だ」

誠之助は涼之進に好感を抱いたのか白い歯を見せた。

「まっこと、江戸は広い。わたしは井の中の蛙《かわず》です」

「江戸は日本全国から武士が集まっております。剣術の道場にも様々ござる。見聞を広めるにはまたとなき所と存ずる。研鑽《けんさん》を積めば必ずや一角の剣客となれましょう」

「いかにも」

涼之進は滴る汗を拭《ぬぐ》おうと道場から出た。辺りをきょろきょろと見回し井戸を見つけ、傍に行く。釣瓶《つるべ》の水を盥《たらい》に汲んで、手拭いを浸す。たゆんだ水面に陽光が反射して目を射る。冷たい水が気持ちいい。胴着を諸肌《もろはだ》脱ぎになって水に浸した手拭いで身体を拭く。赤銅《しゃくどう》色に日に焼けた胸や背中の汗が光った。

「如何でございました」

美鈴が声をかけてきた。

「ああ、これは、お嬢さま」

「お嬢さまはやめてください。美鈴で結構です」

「なら、美鈴殿」

「殿というのも……」

美鈴は小首を傾《かし》げたが、「ま、いいわ」と納得してくれた。

「いやあ、この道場は強いご仁がおるものですな」

「沢村さまは、お国ではお強かったのでしょ」

「城下一でした。ですが、井の中の蛙ということがよくわかりました」

「まあ、ずいぶんと早いこと」

「仙石殿に負けました」

するとと、美鈴の頬がほんのわずかだが赤らんだ。

二

美鈴の微妙な表情の動きは涼之進にも読み取れ、それが美鈴の誠之助に対する気持ちを表しているようだ。驚きはしない。あれだけの男前、しかも、剣の腕も一流ということであれば、美鈴ならずとも好意を寄せるのは当然であろう。

「仙石殿は松林家中と申されたが」

「御老中の松林備前守《びぜんのかみ》さまの御家中なのですよ。松林さまの御用人をなすっておられるのです」

「ほう、御老中の……。それは太かもんたい」

迂闊《うかつ》にも老中の名前すら知らなかった。とんだ田舎者である。用人ということは天下の政《まつりごと》を担《にな》う老中の懐《ふところがたな》刀ということか。とすれば、頭の方もさぞや切れるのであろう。

「文武両道のご仁ですな」

そんな男と町の道場で知り合えたとはいかにも江戸は広い。

「やったるたい！」

涼之進は大きな声を発した。

美鈴は口をあんぐりと開けてそれをみていたが、じきにおかしそうに笑い出した。

夕暮れとなり、涼之進は藩邸に戻ろうと道場を出た。心地良い汗を流し、すっかり満足した気分で今川橋を渡る。浅春の清《さや》かな風がたまらなく心地良い。往来は相変わらずの賑《にぎ》わいである。どこにこれだけの人間が住んでいるのかと不思議なくらいだ。雑踏の中に身を入れ、なんとか人に当たらないように気をつけながら歩いて行く。物頭《ものがしら》の武藤秀次郎《ひでじろう》から、江戸市中を歩く時は慎重にせよと言われたことが思い出される。他藩の藩士はもとより、町人たちとの間に揉《も》め事を起こしてはならない。他人との接触を避けるため、大刀は落とし差しにせよとまで言われた。今、そのことがよく理解できる。すると、

「待て！」

と、大きな声がする。

人の波が大きく揺れた。

「退《ど》きやがれ」

匕首《あいくち》を振り回しながら走って来る髭面《ひげづら》の男がいる。その後ろから羽織に着流しという侍が走って来る。右手に十手を掲げていることから町奉行所の同心のようだ。このまま放ってはおけない。いくらなんでも悪党を見逃していいはずはない。

「逃がすもんか」

涼之進は髭面の前に立った。

「な、なんだ」

髭面は戸惑い足を止めたが、すぐに匕首を向けてくる。かまわず、涼之進は両手を広げた。

髭面は匕首を振り回しながら向かって来る。涼之進の身体《からだ》が踊るように前に進み、髭面の男の鳩尾《みぞおち》に右の拳《こぶし》を叩《たた》き込んだ。匕首を落とした髭面は、そのまま動かなくなったと思うと、前のめりに倒れた。涼之進は匕首を拾い上げた。そこへ同心が追いついた。同心は涼之進が髭面を成敗したことを見ると、

「かたじけない。この男、盗人でしてな。いやあ、助かりました」

「大したことはしておりません」

「わたしは南町奉行所の同心平原主水《もんど》と申します」

平原は三十半ばの働き盛り、いかつい顔ながら右眉《まゆ》にある黒子《ほくろ》が愛嬌《あいきょう》を感じさせる。

「諫早武芝家の沢村涼之進と申します」

「沢村殿、まことかたじけない」

「礼には及びません。では、これで」

涼之進が立ち去ろうとした時、

「待ってください。お礼をさせてください。この男を近くの番所にしょっぴくまで、すみませんがお付き合いください」

「いや、それには……」

涼之進が遠慮するのも聞かず平原は髭面の腕を摑《つか》みすたすたと歩いていった。このまま帰るわけにもいかず、黙ってついて行く。平原は髭面を自身番に預け、

「ならば、茶でも……。それとも、蕎麦《そば》でもどうですか。腹は空《す》いておられんか」

言われた時に丁度腹の虫が鳴った。平原はそれを好意的に受け止めたようだ。いかつい顔を綻《ほころ》ばせた。右眉の黒子が微妙に動き、親しみを抱かせる。

「この先に美味《うま》い蕎麦を食わせる店があるのです」

「はあ、では、遠慮なく」

涼之進は平原について行った。

平原は日本橋の雑踏を縫うように歩いて行く。時折、「旦那《だんな》」とか「ご機嫌よう」などという声がかかり、平原も気さくに応じる。その様子は実に堂に入ったものだ。横丁を折れ、少し入った所に蕎麦屋があった。暖簾《のれん》を潜《くぐ》ると、ここでも平原は挨拶《あいさつ》をされる。

「ここ、いいか」

平原は小上がりになった入れ込みの座敷に上がると涼之進を導く。

「盛りを六枚だ」

そう奥に向かって声をかける。

「沢村殿は、江戸に来られてどれくらい経《た》ちますか」

「まだ、十日ほどです。出府したての田舎者ということですたい」

涼之進は胸を張った。平原はそれを見て笑みを広げた。それは決して蔑《さげす》んだものではなく、涼之進に対して好感を抱いたかのようだった。

「いやあ、沢村殿はいかにもお人柄がようございますな」

「そうでしょうか。馬鹿《ばか》正直に生きているだけですよ」

平原は蕎麦を持って来た女中に酒を言いつけた。

「あ、いや、わたしは」

涼之進は遠慮の体を取ったが、

「まあ、よいではござらんか。勝手ながら拙者はあなたと酒を酌《く》み交わしたくなった」

涼之進は躊躇《ちゅうちょ》の素振りを示した。今日会ったばかりの男からこれ以上の振る舞いを受けるのは遠慮せねばならない。かといって、割り勘にするには手元不如意《ふにょい》である。

「いいではござらんか。わたしの奢《おご》りです」

そう聞くと、涼之進は現金にも平原の好意を受け入れてしまった。すぐに酒が運ばれて来た。

「まあ、一献」

平原はちろりを持ち、涼之進に差し出した。それを涼之進は猪口《ちょこ》で受ける。酌を返そうとするのを平原は、「まあ、まあ」と手酌で自分の猪口に注ぐ。二人は猪口を頭上に掲げてから口に運んだ。

「いやあ、美味か」

涼之進は頬を綻ばせた。

きょとんとする平原に、

「江戸は米と酒が豊富だと聞いておりましたが、この酒は美味い。透き通っておってまるで水のようですたい」

「上方からの下り酒です。江戸には上方の清酒が集まるんです」

「贅沢《ぜいたく》なものだ。拙者は国許《くにもと》では正月くらいしか清酒は口にできませんでした。白い米もです。酒といえばどぶろくばかりで。ほんでも、飲めば楽しかもんですが」

「江戸におられる間は存分に楽しまれることですよ」

涼之進はちろりから手酌で飲んだ。

「蕎麦もどうぞ」

涼之進は蕎麦を食べてみた。噂《うわさ》には聞いていたが、汁が辛い。

「辛いですか」

平原に問いかけられ、

「でも、まずくはないです。むしろ、美味いですよ」

涼之進は蕎麦をつるつると食べる。

「まこと沢村殿はお人柄がよい。お殿さまにも気に入られておられましょう」

「それが、拙者平士の身ですから、かろうじて御目見得が適《かな》うのですが、まだ、殿さまのお顔は見たこともないし、ましてや、言葉などかけられたこともないのです。殿さまは、この正月に藩主になられたばかりですから」

「では、まだお若いのですな」

「二十五歳であられます」

「それは、それは……。勉強不足で申し訳ござらんが、諫早とはどういう土地ですか」

平原は興味深そうに尋ねてきた。

「肥前の有明の海に面した土地柄です。長崎の近くです」

「ほう、長崎の。では、異国の文物など珍しい物が溢《あふ》れているのではございませんか」

「そうですな。溢れていることはござらんが、長崎へ商いに行く者、医術や蘭学を学びに行く者は珍しくございません」

「行ってみたい気がします」

「有明の海は美しかです」

平原は猪口を口に当てて天井をぼんやりと見つめた。見たこともない土地を思い描いているのだろう。

「平原殿も遊びに来られたらいい」

「九州は遠い。拙者なんぞは箱根の西に行ったこともございません」

「拙者も殿のご命令で江戸に参ることになるまでは、旅などはしたことございませんでした。生まれて初めてでござる。諫早を離れたのは」

「なるほど、そういうものでございますか」

二人はそれからも酒を酌み交わした。

「とにかく、江戸は広い。さすがは、日本全国から人が集まる公方《くぼう》さまのお膝元《ひざもと》です」

「雑多な人間が多いですがな」

平原が顔をしかめたのは、町人たちとの付き合いで苦労があるのかもしれない。この気の良さそうな男も奥には様々な問題や悩みを抱えているのだろう。

「初めて会った男がこう申すのもなんですが、幸い、お屋敷は南八丁堀、うちの組屋敷とは目と鼻の先です。不案内な江戸でしょうから、いつなりとご案内しますよ」

不慣れな土地、しかも天下総城下と呼ばれる将軍のお膝元で心強い味方を得た思いだ。樋川道場に入門できたことと共に、これからの江戸暮らしに灯りが灯ったようだ。

涼之進はぺこりと頭を下げた。

三

南八丁堀にある上屋敷に戻った。諫早藩は三万石。五万石以下の大名屋敷の特徴である長屋門に片番所という造りとなっている。門の脇にある潜り戸から身を入れ、門限の暮れ六つには間に合った。長屋に向かう。引き戸に手をかけたところで、

「あの……」

遠慮がちな声が聞こえた。声の方に向くとひょろりとした背の高い男がいる。隣の長屋に住む男だ。確か佐々木とかいったはずだ。

「わたしですか」

酒で頬が赤らんでいるのではないかと危ぶんだが、佐々木の方は一向に気にすることもないようだ。佐々木は蔵番頭《くらばんがしら》佐々木金之助《きんのすけ》と名乗った。涼之進の方も名を名乗った上で自分を呼んだ用向きは何だと目で聞いた。

「料理を余計に造ったのですよ」

「はあ……」

「一人では食べ切れないので一緒にいかがかと思いましてね」

佐々木はいかにも人の良さそうな顔を向けてくる。正直なところ、酒と蕎麦で満腹である。だからといって断るのは悪い。佐々木の好意を無にするようだし、この男と話をしてみたい気にもなった。

「かたじけない。では、お相伴に与《あずか》りましょう」

佐々木は染《し》み透るような笑顔を弾《はじ》けさせた。佐々木の案内で中に入る。同じ長屋であるから内部は涼之進の家と同じだ。男の一人住まいであることも同様である。ところが、実に掃除が行き届き、整理整頓《せいとん》がなされてあった。佐々木が相当にきれい好きとわかる。涼之進の家も片付いているが、それはまだ暮らして日が経っていないからで、佐々木のようにきれい好きだからではない。

「さあ、どうぞ、汚い所ですが」

佐々木の謙遜《けんそん》は鼻につかない。それは、佐々木という男が発するほんわかとした温《ぬく》もりのせいなのかもしれない。涼之進は六畳間に上がり正座をした。

「どうぞ、膝を崩してください。すぐに、支度をしますからね」

佐々木は鍋《なべ》の中をお玉杓子《たまじゃくし》でかき回し、小皿に汁を取って味見をする。次いで、小さくうなずくと大皿に盛った。

「酒もありますよ」

「せっかくです。頂きましょう」

こうなったら、とことん持て成しを受けよう。佐々木はそれがうれしいらしく嬉々《きき》として箱膳《はこぜん》に皿と酒を乗せて運んで来た。

「煮しめです」

椎茸《しいたけ》や昆布、蕪《かぶ》が煮てあった。立ち上る湯気が満たされているはずの食欲を誘い出してくれた。徳利に入れられた酒はどぶろくだった。

「酒は自家製です」

佐々木は申し訳なさそうに頭を掻《か》く。

「いや、十分ですよ」

言ったものの、平原の奢りで清酒を飲んだ後だけに、どぶろくは決してうまくはなかった。だが、煮しめは美味い。

「佐々木殿は料理が達者でいらっしゃいますね」

「一人住まいが長くなりましたので、自然とやるようになったのです」

「国許から江戸に出府なさってどれくらいになりますか」

「三年です」

「国許が恋しくはなりませんか」

「もう、慣れました」

「わたしは国許では郡方《こおりかた》の役人をしておりました」

「わたしは勘定方です。江戸では蔵番一筋ですが」

「お国訛《なま》りがございませんな」

「江戸の商人との付き合いがございますからね。自然と国の言葉は使わないようになりました。そうだ、沢村殿は剣が達者とか」

佐々木は箸《はし》を置き刀を振るうような真似《まね》をして見せた。藩内では涼之進の剣術の腕は有名らしい。それは、うれしくもあったが、樋川道場で仙石誠之助に敗れたことが思い出され、つい、苦い顔をしてしまった。

だ。

「気に障《さわ》ることを申したのでしょうか」

佐々木は神経質なのか、気が小さいのか、人の機嫌、顔色を窺《うかが》う習性があるよう

「そんなことはない。それよりもまこと料理はうまいですな」

「ところが味付けにしましても、近頃では江戸の好みになっておるのですよ。国許からの味噌《みそ》、醬油《しょうゆ》というのは限りがありますからな、我ら平士にまでは行き渡りません。それゆえ、江戸の商人たちから買い求めますので、自《おの》ずと味付けも江戸風になるというわけでして」

佐々木は悪いことでもするかのように面を伏せた。涼之進は湯飲みに入ったどぶろくを重ねる内に気分がよくなり、どぶろくの味も気にならなくなった。蕎麦屋で飲んだ分と合わせるとかなりの酒量になる。さすがに、自他共に認める酒豪の涼之進であれば、ぶっ倒れるようなことはないものの、舌が軽快になった。

「ところで、殿さまとはどのようなお方なのでござろう。藩主になられて、まだ、ひと月、お国入りはまだですな」

佐々木は黙り込んだ。

殿さまのことを下級の家臣が酒席で話題にすることの不敬を思っているのかと危ぶ

んだが、どうやらそうではなく、佐々木は涼之進のためにわかりやすく説明しようと苦闘しているようだ。それが証拠に眉間《みけん》に皺《しわ》を刻んでしばらく考え込んでからおもむろに語り始めた。

「殿さまは、ご先代さまとは違う破天荒なお方という評判です」

「破天荒でござるか」

佐々木は自分は直接口を利《き》いたことはないと前置きをしてから、

「突然に何かを思い立ち、思い立ったが最後、即座にそれを実行に移される。そして、おおよそ、老臣方の言うことをお聞きにはならない。なんでも、ご自分でお決めにならないとお気がすまないご気性だそうですよ」

佐々木は自分が口にしたことの罪悪感を誤魔化すかのように、湯飲みに入ったどぶろくをごくりと飲み干した。

「気難しいお方なのかもしれませんな」

「ですから、藩邸内には以前にはなかった緊張というものが漂っているのです」

佐々木は眉《まゆ》を顰《ひそ》めた。涼之進にはそれがわからないのかと言いたいようだ。正直、涼之進にはわからない。何せ、江戸藩邸にやって来たのは今の殿さまである政直になってからで、しかも江戸に来てまだ十日である。それを思ったのか佐々木は表情を緩

め、

「これは失礼しました。沢村殿におわかりにならないのは当然です」

「わたしは鈍感ですからね」

「なんの、沢村殿は勇者であられましょう」

「愚鈍な男でござる」

「面白い方でございますね」

佐々木は酔いが回ったのか、陽気になった。佐々木の酔い方は明るい。人にからむことも説教を垂れることもない。実に明るい酒で一緒にいて気分がよい。この男とも、これから付き合いたいと願った。

「沢村殿の御役目は何でございましたかな」

「大番方ということですが。一応、殿さまの警護役ということになっております」

「それは重大ですな」

「佐々木殿とて御家の大事な物を保管するという大切なお役目ではござらんか」

「わたしなんぞは、蔵の番をしているだけですから」

佐々木は謙遜ではなく、心底そう思っているようだ。

「それが大事なお役目というものです」

自分でも酔いが回っていると思った。舌がもつれ、呂律《ろれつ》が怪しくなってしまっている。

「やはり、沢村殿はよいお方だ。それに、真面目《まじめ》だ」

「佐々木殿もでしょう」

「わたしはこれで不真面目ですよ。蔵番の御用だって、そんな忙しいお役目ではございませんからね、だから、こうして男だてらに料理なんぞこさえておるのです」

佐々木は何がおかしいのか、けたけたと笑い出した。それから、涼之進の肩をぽんぽんと叩《たた》く。どうやら、酔っているようだ。その様子を見れば、涼之進とてもっと飲んで騒ぎたくなった。

「佐々木殿、今宵は飲みましょうぞ」

「うれしい、そう言ってくださると本当にうれしゅうござるよ」

涼之進は佐々木の湯飲みにどぶろくを注いだ。

「いやあ、思い切って声をかけて本当にようございました。なんとなく、沢村殿とは気が合いそうな気がしていたのです。ですが、こちらから声をかけるのはなんとなく気が引けまして」

「わたしは声がかけ辛《づら》うございましたか」

佐々木はこくりとうなずいた。涼之進には意外なことである。自分がどうして声がかけ辛いのか見当がつかない。

「怖そうでした。色黒で岩のような身体《からだ》をしておられますからな」

佐々木は愉快そうに笑った。

「それで、実際に話してみてどうでしたか」

「いやあ、実に気さくなお方でいささか驚きました」

佐々木はここでも愉快そうに笑った。

四

あくる十一日の朝、涼之進は胸焼けに苦しんだ。さすがに飲み過ぎた。酒が過ぎて調子に乗ってしまうのは悪い癖である。昨夜は佐々木の家でご馳走《ちそう》になり、家を出たことまでは覚えている。その時は自分でもしっかりしていたと記憶している。家に戻ってからちゃんと布団《ふとん》を敷いて寝たことも間違いない。

ところが、気がついてみると布団からはみ出し、着物を着たまま畳敷きに眠っていた。半身を起こすとぶるっと身震いしてくしゃみが出た。そこへ、戸が叩かれる。

「はい、少々、お待ちを」

あわてて土間に降り立ったところで、閉じたままの引き戸に、

「すぐに、下屋敷に向かえ。殿がお呼びだ」

と、高圧的な声がした。物頭武藤秀次郎だ。

「武藤さま、その」

涼之進が引き戸を開けた時には武藤の背中は薄闇《うすやみ》に消えた。まだ、白々明けである。こんな早い時刻に叩き起こされるとは下屋敷で何があるのだろう。用件を伝えてくれればいいのにという不満を胸に留める。口答えせず、命令通りにすればいいということか。当然といえば当然だ。殿さまの命令は絶対なのだから。

「承知致しました」

誰も聞いていないにも拘《かかわ》らず、殿さまへの忠誠心を示すが如《ごと》く涼之進特有の大きな声を上げた。とたんに、

「ああ、しまった」

と、佐々木の声がする。気になって佐々木の家の引き戸を開けた。佐々木は布団の中で目をこすっている。涼之進の顔を見ると、

「今、何時でしょう」

「さて」

涼之進も答えられない。周囲を見渡すと、まだ薄暗い。風は冷たく、身が震えて仕方がない。そこへ、鶏の鳴き声が聞こえた。小鳥たちの囀《さえず》りも始まった。夜が明けたようだが、日は差してはこず空気も湿っている。今日が悪天候になることを予感させた。

「一番鶏《いちばんどり》ですよ」

佐々木は寝坊をしたのではないとわかりほっとしたようだが、じきに顔をしかめる。佐々木も飲み過ぎたようだ。

「過ごしましたな」

涼之進は微笑《ほほえ》みかける。佐々木もうなずく。それから、

「沢村殿、朝が早いですな」

「それが、戸をがんがんと叩かれましてな、それで、下屋敷へ行けと命じられたのです」

「ほう、下屋敷ですか」

佐々木はあくびを嚙《か》み殺した。

「そうだ、下屋敷というのはどちらにあるのでしょうな」

はたと、自分が下屋敷を知らないことに気がついた。そのことに、今頃気がつくとは我ながら呆《あき》れ果ててしまう。

「下屋敷は柳島《やなぎしま》村という所にございます」

「柳島村……」

「大川の向こうです。歩いて一刻《いっとき》ほどでしょうかな」

佐々木はそれから紙に略図を書いてくれた。実に親切な男である。親切ばかりでなく、絵も上手だ。

「器用ですな」

「暇なのですよ」

佐々木は言いながらもすらすらと絵図を書き、道順を簡単に説明してくれた。

「下屋敷で、殿さまは武芸に励んでおられるそうです。沢村殿、きっと、武芸を殿さまの前で披露なさることになるでしょう」

十分に考えられる、いや、そのつもりで行かなければならないだろう。そう思うと弥《いや》が上にも胸が沸き立った。

「ならば、これにて」

身支度を整えるべく家に向かう。

「出かける時、寄ってください。握り飯を用意しておきますから」

そこまで甘えるのはまずい気がしたが、断るのも佐々木の好意を無にするだけである。ふと、佐々木に男色の趣味があるのではと訝《いぶか》しんだ。いや、それはない。昨夜、あれだけ飲んでもそっちの気は見せていなかった。

「かたじけない」

涼之進は明るく返事をすると家で身支度を始めた。顔を念入りに洗い、塩で歯を磨く。月代《さかやき》と髭《ひげ》もいつもの倍の時をかけて入念に剃《そ》り上げる。下帯も洗いたてのものにした。ひょっとして、殿さまに拝謁《はいえつ》するかもしれないのだ。粗相があってはならない。羽織に袴《はかま》を身に着け表に出た。佐々木が涼之進の動きを察知したかのように、竹の皮に包んだ握り飯を持って来てくれた。

「かたじけない」

「腹が減ってはご奉公できませんからな」

佐々木の笑顔に見送られ涼之進は出かけた。懐《ふところ》に入った握り飯がなんとも心強かった。

涼之進は柳島村にある下屋敷にやって来た。

下屋敷は大名の寮の役割を果たす。上屋敷に比べて気軽な雰囲気が漂い、敷地面積も倍ほどあり、屋敷内には畑などもあり野菜の栽培が行われていた。建屋も上屋敷の御殿のようにいかめしくはなく、数寄屋《すきや》造りのゆったりしたものだ。

表門で素性を告げるとすぐに裏門に回るよう命じられた。道々、握り飯を食べてきたため、腹は空《す》いていない。空は曇っているが、涼之進の心は晴れやかだった。

裏門から入ると、そこには十人ばかり侍がいた。中に年長の目つきの鋭い侍がいた。江戸家老鬼頭内蔵助《くらのすけ》である。鬼頭は裃《かみしも》ではなく、黒紋付に袴といった格好だ。侍たちは羽織を脱ぎ、襷《たすき》掛けをして控えていた。涼之進が頭を下げると、

「遅い」

鬼頭は怒声を浴びせてきた。

「申し訳ございません」

大きな声で詫《わ》びると控える侍たちに加わる。涼之進も侍たちと同様、羽織を脱ぎ、大刀の下げ緒で襷掛けにした。

「あの、これから何が始まるのですか」

涼之進は隣に控える侍に聞く。侍は厳しい目を向けてきただけで、答えてはくれなかった。鬼頭が私語を慎めと言いたげに空咳《からせき》を二度した。数寄屋造りの母屋《おもや》の縁側に

足音が近づいて来た。鬼頭が頭《こうべ》を垂れる。侍たちも一斉に頭を下げた。涼之進もあわててそれに倣《なら》う。庭に面した広間で人の気配がした。

藩主武芝伊賀守《いがのかみ》政直に違いない。

涼之進の胸がぴりりと高鳴った。

「面《おもて》を上げよ」

頭上で響いた政直の声は甲高いものだった。さっと顔を上げ、大広間を見上げた。

なるほど、まだ若い。

色が白く、細面、正面に据えられた目は清らかな光をたたえ、鼻が高く、薄い唇が心なしか冷ややかさを感じさせた。ふと気がつくと、涼之進の膝《ひざ》を隣の侍が叩いている。何事かと視線を向けると、「じろじろ見るな」と囁《ささや》いた。涼之進はあわてて正面を見る。

「大番組の者、揃《そろ》いましてございます」

鬼頭は床机《しょうぎ》を立ち上がり言上した。

「であるか」

政直は一言ぽつりと言った。

「本日は殿の御前にて剣を披露申し上げたいと存じます」

鬼頭の言葉を遮るように、

「相撲じゃ！」

政直は甲走った声を発した。鬼頭は戸惑うように息を吐き、言葉を返そうとしていると、

「相撲を取らせろと申しておる」

政直は吐き捨てた。

「はあ」

思いもかけない政直の命令に鬼頭は戸惑い気味に言葉を濁した。

「早くせよ」

政直は有無を言わせない。佐々木の言葉が思い出される。殿さまは突然、思いもかけないことを命じ、しかも有無を言わせない、と。今が正しくその通りなのだろう。横に控える侍たちは鬼頭から政直の前で剣術を披露せよと命じられてきたに違いない。さぞや剣の腕を磨いて来たことだろう。

それが、相撲を取れという。彼らは戸惑っているだろうが、涼之進は心が沸き立った。

早速、袴を脱ぎ、着物もするすると脱ぐと下帯一丁になった。そして、その場で四《し》

股《こ》を踏む。

侍たちはお互い顔を見合わせている。裸にならねばならないのかと言いたげだ。だが、涼之進にすれば相撲は裸体で取るものである。まさか、回しはあるまい。となれば、下帯一丁となるのは当然のことだ。

「よし、それでよい」

政直は濡《ぬ》れ縁《えん》にまで出て来た。そこで涼之進らを見下ろし、

「この者に倣って裸になれ」

政直の命令は絶対である。侍たちは政直に対する不満を涼之進に向け、尖《とが》った目をした。

「早くせよ」

政直の言葉は鞭《むち》のようだ。

まさしく鞭に叩かれた如《ごと》く侍たちは着物を脱ぐ。空は鉛色に曇り寒が戻ったかのようだ。涼之進とて寒さに身が震えそうになったが、殿さまの手前そのようなことはできるはずもなく、四股を何度も踏んで身体を温めた。

「その方じゃ」

政直は涼之進に扇子を向けた。涼之進の胸が高鳴る。政直は涼之進とその取り組み

相手を扇子で示した。

「ならば、前田五郎兵衛と沢村涼之進、前へ」

鬼頭の言葉で相手が前田五郎兵衛という男とわかった。

五

「よ～し」

涼之進は大きく手を広げた。前田も憤怒《ふんぬ》の形相である。きっと、こんなことになったのは涼之進のせいだと思っているのだろう。それならそれでよし。

涼之進の心は久しぶりに相撲が取れるとあって喜びに満ち溢《あふ》れていた。政直の前で良い所を見せたいという功名心もない。あるのは、まるで童心に戻ったような相撲を取りたいという気持ちだ。

涼之進と前田はぶつかり合った。

――勝てる。

四つに組んだだけで前田の力量が身体《からだ》に伝わってくる。

「やったるたい！」

叫ぶや相手を上手投げにした。前田の身体が地面に転がった。

「よし」

政直は扇子を広げた。地に転がった前田は敗北の屈辱に唇を噛《か》んだ。政直は階《きざはし》に腰を下ろした。

「次」

鬼頭に命じる。鬼頭は残った八人の中から二人を選ぼうとしたが、

「一人でよい。この者の相手を選ぶのじゃ。こ奴《やつ》、中々に強いぞ。見てみい、あの牛のような身体を」

政直は至って冷静だった。鬼頭は改めて涼之進の身体を見て得心したようにうなずくと、

「北野作兵衛」

と、呼ばわる。

北野は涼之進が見上げるほどの背丈だった。胸毛に覆《おお》われた胸板は厚く、いかにも強そうだ。

「いざ」

涼之進は四つに組もうとしたが北野は間合いを取り容易には近づけさせない。

相手が本気であると見ると涼之進の闘争心は燃え上がった。じっと、北野の動きを見定める。北野も涼之進の隙《すき》を窺《うかが》っているかのようだ。

「来るとたい」

涼之進は両手を大きく広げた。それがいかにも北野を小馬鹿《こばか》にしたような動きに映ったのだろう。北野の目が険しくなり、

「おのれ」

うめき声に似たくぐもった声を発するや涼之進に向かって突進してきた。涼之進はしっかと北野を受け止めた。北野の身体はどしりとし、涼之進は二歩ほど地べたを滑り後ずさった。涼之進は北野の胴を抱える。そして、そのまま吊《つ》り上げた。北野は両足をばたばたとさせて必死で抗《あらが》う。

が、それで涼之進の動きが封じられるはずもなく、涼之進はゆうゆうと投げ飛ばした。

「よいぞ」

政直は扇子を広げた。

侍たちは悔しげに俯《うつむ》いていたが、

「次は」

鬼頭が涼之進の取り組み相手を指名しようとしたところで、

「拙者がまいります」

一人の男が立ち上がった。鬼頭は政直を見た。政直は黙ってうなずく。

「よし、中川平太郎」

鬼頭はその男を指名した。

中川は志願しただけあって、背こそ高くはないが、がっしりとした体軀《たいく》、眼光鋭く、げじげじ眉毛《まゆげ》といういかにも喧嘩《けんか》が好きそうな男だった。

中川はまるで親の仇《かたき》にでも出会ったような凄《すご》い形相で涼之進を睨《にら》みつけるや、

「行くぞ」

発する言葉も荒々しく涼之進に突進してきた。

一瞬、立合いの変化、すなわち体を躱《かわ》し、中川をいなそうかと思った。中川の余裕のなさなら、十分にそれは通じただろう。だが、それは封じた。

全力で挑みかかって来る相手にそんな卑怯《ひきょう》と取られかねない技は使えないし、使いたくはない。四つに組んでやろう。涼之進も中川に体当たりを食らわせた。

と、

「ああ」

涼之進の前から中川の姿は消えた。変化をしたのは中川だった。涼之進は前のめりになった。背中を中川に押される。涼之進は倒れそうになるのをかろうじて踏み留まる。そして素早く振り返る。そこへ、中川の張り手が飛んできた。

張り手は涼之進の左の頰に当たった。頭がくらっとする。続いて右の頰を張られた。だがこれは涼之進の更なる闘争心に火をつけることになった。

「やったるたい！」

涼之進は中川の胸を押した。そして、次々と突きを繰り出す。中川は思いもかけない涼之進の反撃にたじろぐように後ずさった。後ずさりながらも、精一杯の抵抗を示して張り手を繰り出す。涼之進はそんなことにはお構いなく前に進む。ついには、中川の張り手は顔面を直撃し、鼻血が出てきた。

だが、それすらも涼之進の眼中にはなかった。涼之進は中川を抱え上げた。中川は吊り上げられながらも張り手をやめないものの、威力は著しく削《そ》がれたもので涼之進にはまったく通じなかった。

こうなると勝負は涼之進のものである。涼之進は中川を吊り上げたまま箒《ほうき》で描かれた土俵の端まで持って行き、そこでそっと中川を土俵の外に下ろした。中川は顔を真っ赤にしていたが、やがて自分の負けを認めるように小さくうなずいた。

「見事なり」

政直は腰を上げ、両手を打ち鳴らした。涼之進は肩で息をしながら頭を垂れた。

「この者は残れ。後の者は下がってよし」

政直は冷然と命じた。鬼頭は遠慮がちに、

「まだ、取り組みを行っていない者が残っておりますが」

「馬鹿者」

政直は不快に顔を歪《ゆが》ませた。鬼頭は目を伏せる。頭上から政直の冷厳な声が響き渡る。鬼頭は頭を低くした。

「おまえの目は節穴か。残りの者どもはこの者の敵ではない。戦わずとも結果がわかり切っておるわ。下がれ」

その声に弾《はじ》かれたように侍たちは下がった。庭には涼之進と鬼頭のみが残った。

「近う」

政直は手招きをした。鬼頭をちらっと見ると、命じられた通りにするよう目配せをされた。政直の方に歩を進め、片膝をついた。

「もっと、近うじゃ」

涼之進はさらに近寄る。政直を間近に見上げたところで、

「その方、名は」

「沢村涼之進と申します」

政直はちらっと鬼頭を見た。何者かと問いかけているようだ。

「今月になり、国許《くにもと》から出府してまいりました。城下一の剣客と評判の男でございます」

政直はうなずくと、

「国許では何をしておった」

「郡方《こおりかた》をしておりました」

「相撲は強かったのか」

「村相撲で優勝したことがございます」

政直はニコリとした。それからおもむろに、

「おまえは強いばかりではないな」

「はあ……」

涼之進には政直の問いかけの意味がわからない。その射すくめるような目は胸の内までも見透かされそうだ。

「おまえは相手を気遣う心を持っておる。その顔が証《あかし》だ」

政直の言葉で自分の顔がひどい状態であることを思い出した。鼻血を流しているばかりか、おそらくは顔中が腫《は》れていることだろう。

「みっともなき面構《つらがま》えとなり、殿さまのお目を穢《けが》したことをお詫び致します」

「そのことはよい。おまえは、相手にそのような打撃を受けようとも、相手をいたわることを忘れなかった。土俵の外にそっと送り出す余裕を持っておった。余ならば、怒りに任せ相手を地べたに叩《たた》きつけてしまったことであろう」

政直は愉快そうに笑った。

「畏《おそ》れ入りましてございます」

と、言った途端に寒気がした。

――いかん。

くしゃみが出そうになった。我慢するため鼻を摘《つま》もうとしたが、それよりも身体は早く反応した。ひときわ大きなくしゃみを発してしまった。鬼頭が顔をしかめるのが横目に映ったが、

「この寒空だ。早く着替えよ。それと、手当てを致せ。鬼頭、医師を呼んでやれ。手当てが調ったら、余の遠乗りに付き合われよ」

「殿、遠乗りはお止《や》めになられますようお願い申し上げます」

鬼頭は雲行きが怪しくなっていることを危ぶんでいる。

「かまわん」

政直は一旦《いったん》言い出したら聞かない気性をここでも発揮した。

「ならば、四半刻後に」

政直は奥に姿を消した。鬼頭は、「やれやれ」と小声で呟《つぶや》いた。

「さっさと、支度をせよ」

鬼頭に追い立てられ涼之進は屋敷の隅にある番小屋へと連れて行かれた。涼之進の胸には政直に対する親しみがこみ上げてきた。

六

涼之進は番小屋に入った。

中間《ちゅうげん》や屋敷内の畑を耕作するため雇われている近在の百姓たちが驚きの目を向けてくる。それはそうだろう。何の前触れもなく、鼻血を流し、顔中を腫らした男が入って来たのだから。

「心配致すな、この者はれっきとした我が家中の者だ」

鬼頭が触れ回ったお陰で警戒心は解かれ、涼之進は板敷きに上がった。

「すぐに、医師を呼ぶからな」

鬼頭は涼之進を安心させようとそう言ったが涼之進はというと、

「これくらい、なんでもないです」

と、けろっとしている。

「いや、おまえがよくても、その顔で殿のお供はな」

鬼頭は顔をしかめた。

なんだ、自分のことを心配してくれたのではないのか。若干の失望と共に懐紙を取り出して細かく千切ると丸めて鼻の穴に突っ込む。

「では、失礼しまして」

板敷きにごろんと横になった。しばらくじっとしていれば治まると鬼頭に告げる。

鬼頭は少しの間佇《たたず》んでいたが、

「ならば、しかと治せ」

と、言い置いて出て行った。しかと治せと言われても、自分の意志で鼻血を止めることはできない。じっと動かずにいるしかないのだ。そんな涼之進のことを、中間や百姓たちは不気味なものでも見るが如《ごと》く遠巻きにして近寄ろうとはしなかった。天井

の節穴を見ながら、

「迷惑かけるな」

と、誰にともなく語りかける。

すると、問いかけられて答えないでは不遜《ふそん》と思ったのか、

「お侍さま……」

一人の百姓が応じてくれた。涼之進はうれしくなって、

「沢村と申す」

百姓もそれに合わせて、

「んなら、沢村さまは何をなすっておられただ。お顔が大そう腫れて、ひどい怪我《けが》をなさっておられるが」

「相撲を取ったんだ」

「相撲……」

百姓が素《す》っ頓狂《とんきょう》な声を上げると他の者たちも口々に不審な思いを口に出した。涼之進は寝ているのに飽き飽きしてきて、丸めた紙を鼻の穴から取り出した。鼻血は止まっている。それなら寝ていることはない。勢いよく起き上がり、

「どうだ、誰か、おいと相撲を取らんとか」

国訛《なま》りで語りかける。みな、及び腰ですごすごと後ずさりする。

「遠慮はいらん。おれが家中の侍だからといって手加減せんでいいぞ」

だが、志願者は現れなかった。なんだ、つまらないと思っていると小姓がやって来た。みな、驚いてかしこまった。

「これにお着替えください」

小姓は陣笠《じんがさ》に背中の下半分を割った打裂《ぶっさき》羽織と野袴《のばかま》を持って来た。どうやら、本格的な遠乗りのようだ。涼之進はそれを受け取って素早く着替えると表に出た。小姓が厩《うまや》まで案内に立った。小姓は振り向くことも言葉をかけることもなく、硬く唇をひき結んでしかも足早に歩いて行く。その様はいかにも政直を畏《おそ》れているかのようだ。

厩にやって来ると政直は既に鹿毛《かげ》の馬の傍らにいた。鬼頭も打裂羽織と野袴に着替えて控えていた。

「暁、行くぞ」

政直は馬に跨《また》がった。馬に暁という名を与えているようだ。鬼頭と涼之進も馬に乗る。

鬼頭は曇天の空を見上げ、

「殿、何卒《なにとぞ》、本日は早めにご帰館のほど、お願い申し上げます」

と、すがるような目を向けた。

政直は無視して馬に鞭《むち》をくれると勢いよく走り出した。

「お待ちくだされ」

鬼頭は言葉をかけたが聞く耳を持つ政直ではない。仕方なく鬼頭も馬を走らせる。もちろん涼之進もだ。涼之進の馬は政直の馬には劣るが、いい毛艶《けづや》をした栗毛《くりげ》色の馬である。しかし、気性が荒く、手綱を取りがたい馬だった。

「どうどう」

涼之進は馬の鬣《たてがみ》を優しく撫《な》でる。

「おいは沢村涼之進たい。諫早の田舎もんたい。でも、侮《あなど》って落とさないでけれ」

そう呪文《じゅもん》のように語りかけると馬はすんなりと走ってくれた。政直は既に下屋敷を出て北十間《きたじっけん》川に沿って走っている。すぐに、十間川が交錯し、そこに架かる又兵衛《またべえ》橋を風のように駆け抜ける。野良着《のらぎ》姿の百姓たちが恐れをなして道の端に避難した。後を追う涼之進は、

「すまんとたい」

と、声をかけつつ追いかける。右斜め前を行く鬼頭にはそんなゆとりはないようで、馬から振り落とされまいと必死の様子である。それは笑い声を上げたくなるほどに滑《こっ》

稽《けい》な姿だったが、さすがに笑うわけにはいかない。そうしている内にも政直は快調に馬を飛ばし、押上橋《おしあげ》を渡ると押上村に入った。

　ここでついに大粒の雨が天から降り注いできた。涼之進は雨を首筋に感じ、前方を見る。

「殿、雨でございます」

　鬼頭の顔は見えないが、その声音の必死さからさぞや表情には切迫したものが刻まれていることだろう。だが、政直は馬を止めることはない。それどころか、馬の腹を蹴《け》り、一層の檄《げき》を飛ばしている。

　政直を乗せた馬は田圃《たんぼ》の中の一本道を一直線に駆け、まるで無人の原野を行く巨人の如くである。

　すると、稲光が走った。政直の背中が雷光に浮かび、雨脚が強くなる。間もなく雷鳴が轟《とどろ》いた。涼之進を乗せた馬がいなないた。

「心配なか、大丈夫たい」

　涼之進はやさしく語りかける。ところが鬼頭を乗せた馬は激しく動揺し、鬼頭が、

「どう、どう」と必死で宥《なだ》めても、治まりがつかずについには振り落とされてしまった。哀れ鬼頭は泥田にまっさかさまに転げ落ちた。涼之進は傍らに馬を止め、馬から

下りようとしたが、

「殿じゃ、殿をお守りせよ」

泥まみれの顔で懇願されずとも、鬼頭の無事を確かめれば政直を追うことが自分の役目だ。馬を走らせる頃には雨は本降りとなり、馬上の政直は雨に煙っていた。

「もう一働きたい」

涼之進は馬の腹を優しく蹴った。馬は涼之進の言葉が通じるのか、政直の後を追って一目散に走って行く。さすがにこの雨、視界が定まらないことから政直は手綱を引き締めているのだろう。速度は目立って落ちた。

「殿！　馬をお止めくださいい！」

雨音を切り裂くような涼之進の大声が空気を震わせる。政直は振り向くことはない。いや、この雨の中、政直も振り向くゆとりはないのだろう。涼之進の陣笠から雨露がぽたぽたと落ちる。

やがて、右手に中国式の三重屋根で末端の反った竜宮門が見えた。珍しいと思ってもそれに注意を奪われるわけにはいかない。涼之進は知る由《よし》もなかったが、弘福寺《こうふくじ》、向島七福神の一つで布袋《ほてい》を祭っている。政直の馬は弘福寺を通り過ぎ、大川沿いの堤、通称墨堤《ぼくてい》に駆け上がった。

墨堤は八代将軍徳川吉宗が植樹した桜並木で知られている。その規模は三囲稲荷《みめぐりいなり》から木母寺《もくぼじ》までのおおよそ二十三町という大規模なものだ。今は蕾《つぼみ》の様子であるが、満開の頃には押せや押せやの人だかりとなる。だが、寒が戻ってしかもこの雨とあっては人の姿はない。

ここで馬を止めてくれるだろうと涼之進が安心をしたところで、

「ああ！」

雨音を切り裂く悲鳴が上がった。

なんと、政直の前を荷車が横切った。悲鳴は荷車を引いていた人足が発したものだ。驚いた弾みで、荷車は横転し積んであった樽《たる》が堤から転げ落ち大川へと落下していく。と、次には政直の馬が棹立《さおだ》ちとなった。政直は宥めているが、馬は驚き、どうにも制御が利《き》かなくなってしまっている。涼之進は馬を止め、下りると暴れ馬の前に立った。

馬は棹立ちのまま狂ったようにその場をぐるぐると回った。

「どう、どう、もう、怖くなかとよ」

涼之進はやはり優しく語りかける。馬はやがて静かになった。涼之進は馬の鼻面を撫で頬ずりをしながら、

「そんでよか、そんでよか」

政直はほっと安堵《あんど》の表情を浮かべ馬を下りた。

「肝を冷やした」

政直は言葉とは裏腹にそれほど驚いているように見えない。生来の品の良さ故《ゆえ》なのか、よほど肝が据わっておるのか、涼之進にはわからない。それに対して、荷車の人足は大川に落ちた樽を呆然《ぼうぜん》と見下ろしていた。

「何を積んでおったのだ」

涼之進の問いかけに、

「酒樽です。ですが、中味は空でこれから下野《しもつけ》の造り酒屋まで運んで行くところでした」

「すまん、これで」

涼之進は一分金を渡した。

「こんなにはいりません。何せ、空ですから」

男は下野訛《なま》りで返したが、涼之進は受け取らせた。人足はそれではと荷車を引いて雨の中を消えた。

またも雷鳴が轟く。馬が暴れた。しかも悪いことは重なるものでまたも荷車が走って来る。しかも、三台もである。彼らは雨のせいか、眼前にいる涼之進と政直に気がつかないようだ。ようやく気がついた時には政直の間近に迫っていた。

このままでは政直が轢《ひ》かれてしまう。

咄嗟《とっさ》に涼之進は政直に飛び掛かった。政直はもんどり打って堤を転げた。それを追うように涼之進も転げる。

二人は大川へと落ちていった。

七

——ざぶん。

二人は大川に転落した。

「殿」

大きな声を上げ川面《かわも》から首を出して見回す。刺すように冷たい水が小袖《こそで》の襟から浸入してくる。堪《たま》らないほどの冷たさだ。政直の顔が水面を浮いては沈んでいる。涼之進は抜き手で泳ぎ、政直の傍まで泳ぎ着いた。さすがの政直にもゆとりはない。藁《わら》をも縋《すが》るとはこのこと、政直は涼之進の身体《からだ》にしがみついた。

——駄目だ。

自分までもが沈んでしまう。
「殿、落ち着かれませ」
必死で手足をもがきながら声をかける。川の水は雨で増水して流れは速くなってい
る。政直はそれでも涼之進の腕を摑《つか》んで離そうとはしない。その内、酒樽が流れてく
るのが見えた。涼之進は必死で酒樽を引き寄せた。
「殿、これにお摑まりください」
政直は言われるまま酒樽に手を伸ばす。政直は酒樽にしがみ付くことにより、どう
にか体勢を整えることができた。
「岸まで行きます」
涼之進は酒樽の端に手をかけ、流れをものともせず、大きく水をかき分ける。政直
も表情を落ち着かせ足を動かしていた。政直という男はやはり、肝が据わって物事に
関する勘がいいのだろう。しっかりと河岸を目指して進んで行く。
二人はどうにか河岸に着いた。
「ご苦労」
政直は声をかけてくれた。涼之進はさっと河岸に上がり、政直に右手を差し出す。
「不要じゃ」

政直は言うと自力で岸に這《は》い上がった。雨は相変わらず降り込めている。政直は天を見上げながらも濡鼠《ぬれねずみ》になったからか、雨は気にならないようだ。だが、いつまでも濡れたままというのはいいことではない。

涼之進と政直は堤に上がった。

「暁よ」

政直は大きな声を発する。雨に煙った堤の上流から馬のいななきが聞こえた。と、思うと蹄《ひづめ》の音がする。暁がやって来た。背後には栗毛も従えるようにしている。政直は暁に跨る。涼之進も栗毛に乗った。

「いざ、藩邸まで早駆けと言いたいところじゃが、無理はいかぬな」

それが、家臣の言うことを無視して遠乗りを強行した自分に対する後悔の言葉のようだ。

政直は言葉通りゆるゆると馬を走らせた。涼之進も後に続く。寒さがひとしお身に染《し》みた。手綱を持つ手がかじかむ。陣笠を失《な》くした月代《さかやき》に容赦なく雨が打ちつける。馬の吐く息も白い。斜め右前を行く政直とて耐え難い寒さであろうに、毅然《きぜん》とした乗馬姿はさすが殿さまと感じさせた。

やがて、下屋敷の裏門が見えると涼之進はほっと安堵した。

「開門せよ」

政直が命じると裏門は開かれた。政直は乗り入れた。涼之進も続く。

「殿、よくぞご無事で」

鬼頭が馬上の政直を見上げた。顔には薄《うっす》らと泥の跡が残っている。

「湯じゃ」

政直は馬から飛び降りた。涼之進も降りたところで、

「沢村もまいれ」

「はい」

「あの……。沢村はこちらの湯殿に」

鬼頭が言うと、

「苦しゅうない。同じ湯殿でよい」

政直は平然と言い放った。涼之進はここに至って同じ湯殿に入れと言われていると知り、さすがに躊躇《ためら》った。鬼頭が政直の機嫌を損じてはならじと目で行けと合図してくる。涼之進は政直を追いかけて湯殿へと向かった。

湯殿では政直には奥女中が着物を脱がせるのを手伝う。涼之進はさすがに女中の手

を借りるのは遠慮して自分で脱いだ。

湯殿では政直は当然ながら女中たちが身体を洗ったが、涼之進は自分で身体をこすった。大きな檜《ひのき》作りの湯船がある。檜の香りがほのかに漂い湯煙の中に政直の姿がかすんでいる。政直はざぶんと湯船に身体を沈めた。

「苦しゅうない。おまえも入るがよい」

「では、失礼致します」

涼之進も湯船に身体を沈めた。

生き返るようだ。全身に血が巡っている。かじかんだ手に生き生きと赤みが差す。心地良いうめき声が口から漏れるのを我慢できない。

「女どもは下がれ」

政直は軽く顎《あご》をしゃくった。女中たちはあたふたとしながら出て行った。

「沢村、水練も達者なようじゃな」

「国許《くにもと》では、夏ともなりますと、有明の海をよく泳いだものでございます」

「有明の海とは美しいのか」

江戸育ちの政直はまだお国入りをしていない。従って有明海どころか諫早領内を見たこともない。

「それは美しゅうございます。紺碧《こんぺき》の色合いに夕陽や朝日が彩《いろど》りを加え、それはえも言われぬほどでございます。ただ、潮が引きますと一面が泥田のようになります。すると、そこにむつごろうという魚が打ちあがっております。それを獲《と》るのがまた面白いのでございます」

涼之進は目を爛々《らんらん》と輝かせた。

「それは愉快であろうな」

「殿さまもお国入りの際には是非、ご覧くださりませ」

「楽しみができたものじゃ」

政直はざぶんと頭まで湯に沈めた。ぶくぶくと気泡が面に浮き上がってくる。顔を出すと息を吐き出す。それから涼之進に向いて、

「堤の上で遭遇した荷車、あれは偶々《たまたま》と思うか」

思いもかけない問いかけであった。政直を大川へと落下させた荷車は狙《ねら》っていたと言いたいのだろうか。

「殿は故意であるとお考えなのですか」

「その疑いはあると思う」

「それはつまり、殿のお命を狙う者がおるということでございますか」

涼之進の声は湯殿にこだました。あわてて口を塞《ふさ》ぐ。

「不思議ではないな」

「まさか、家中でございますか」

「家中かもしれん、そうでないかもしれん」

政直はまるで楽しむかのようだ。

「御家老はご存じでございますか」

「薄々は気がついておろう」

「ならば、それを探らねばなりません」

「いや、放っとけばよい」

政直は平然としている。

「ですが、殿のお命に関わることでございます」

「そんなことはわかっておるさ」

政直は意にも介さない様子だ。

あまりのことに涼之進はそれ以上の言葉を繋《つな》げない。

「今のこと、他言無用ぞ」

「御意にございます」

「本日は愉快であった」

政直は湯船から出た。政直が着替えを済ますまで、湯船で待つことにした。

それにしても、破天荒な殿であった。噂《うわさ》以上である。だが、それでも不愉快な気はしない。それは、自分のことを評価してくれたり、直接言葉を交わしたりといったことのためばかりではない。武芝政直という殿さまが持つ魅力である。なんとも摑みがたい物の考え方とあの何事も恐れない決断の速さ。自分の思いに忠実であることこの上ない。

そんな風に生きることができたら。

政直は大名ゆえ、我儘《わがまま》が言えるということではない。大名とて自分の考えを貫こうとすれば、軋轢《あつれき》は避けられない。それを恐れてしまうのが人というものであろう。現に政直は命を狙われているかもしれないのだ。狙われる理由はわからないが、政直の人柄、考え方、自分の考えを貫くその態度が招いていることかもしれない。思ったよりも大名というのは居心地が悪いものなのかもしれない。

やがて、政直の気配がなくなった。涼之進は湯船から上がり、脱衣所に入った。真新しい小袖と袴《はかま》が用意してある。乾いた手拭《てぬぐ》いで身体を拭う。素早く着物を身に着ける。湯に浸《つ》かり、新しい着物を着ると自然と晴れ晴れとした気分に包まれた。

湯殿を出るとうまい具合に雨は上がっていた。雲の切れ間から薄日が差し、西の空に虹《にじ》が架かっている。それを見上げるとなんともうれしい気分に包まれた。

「やったるたい！」

何をやるのか考えもせずにそう言った。廊下を通った女中が不思議そうな目を向けてきた。

八

涼之進は上屋敷に戻った。

今日は気分が良かった。佐々木への借りを返さなければと思い、帰途酒を買った。五合徳利を提げて佐々木の家を覗《のぞ》く。佐々木は涼之進を見ると顔を輝かせた。涼之進は五合徳利を高々と掲げて示す。佐々木はうれしそうな顔をしていたが涼之進の腫《は》れた顔を見ると心配そうな目を向けてくる。

「これですか、ちょっと、相撲で」

「相撲ですか」

佐々木は涼之進の言う意味がわからないようだ。無理もない。相撲を取ったといっても何のことかわからないのは当然だ。だが、事の重大さを考えれば、軽々しく説明すべきではないだろう。気のいい佐々木を欺《あざむ》くようで心苦しいが適当に誤魔化すしかない。

「ちょっとした余興でござる」

「下屋敷で相撲が行われたのですか」

「まあ、そんなところです。これはその戦利品というわけです」

涼之進は五合徳利を佐々木に渡した。

「丁度、筍《タケノコ》を煮たところです。食べていってください」

「そうそう甘えるわけにはまいりません」

「よいではござらんか」

佐々木の人懐《ひとなつ》っこさに誘いを断ることができない。それに、政直に敵対する勢力についても気にかかった。

「ならば、甘えますか」

涼之進が言うと佐々木は満面に笑みを浮かべた。佐々木は手早く皿に筍の煮付けを盛った。筍を甘辛く煮込んである。味はなかなかだった。五合徳利から湯飲みに酒を注ぐ。湯飲みの底までも透き通った酒は曰窓《いわくまど》から差す夕陽を弾《はじ》いた。それを見ただけで頰が綻《ほころ》んだ。

「上方の下り酒ではござらんか」

佐々木は感激の様子だ。実のところ、下屋敷から帰る際、鬼頭から金五両を渡された。政直からの心づけだという。涼之進は遠慮なく頂戴《ちょうだい》した。だから、懐《ふところ》は暖かい。清酒も買えるというものだ。

「さては、相撲で優勝でもされたか」

佐々木の無邪気な様子を見ると欺くことの後ろめたさが増幅する。

「まあ、そんなところです」

「お陰でわたしも清酒にありつけるというものです。ならば、遠慮なく」

佐々木は湯飲みを口に運び、ぐいぐいと飲んだ。目を細めて、「美味《うま》い」を連発する。

「これを飲んだ後ではどぶろくは飲めませんな」

「さあ、遠慮なく」

涼之進は徳利を傾ける。佐々木は言葉では遠慮しながらもしっかりと涼之進の酌を受けた。佐々木の幸せそうな顔を見ているとこっちまでうれしくなる。

「殿さまにはお会いしましたか」

佐々木の顔は既に赤らんでいた。

「相撲をご覧になりました」

「どんな印象を持たれましたか」

「佐々木殿から聞いた通りのお方でございました。頭脳明晰《めいせき》、即断即決……。それに至極澄んだ目をしていらっしゃいました」

「澄んだ目ですか……」

「佐々木殿はそう思われませんか」

「拙者などは、殿さまと間近で接したことはございませんから。沢村殿は殿に親しみを抱かれたようですな」

　確かにそうだ。

「殿は養子でいらっしゃいますな。確かお父上は公方《くぼう》さまの旗本太田隠岐守《おきのかみ》さま」

　太田隠岐守泰衡《やすひら》は名門旗本で書院番、目付、長崎奉行と順調に出世を重ね、幕閣の要職たる江戸北町奉行を経て、今では大目付を務めている。先代藩主政継《まさつぐ》の正室千玄院《せんげんいん》に子がないということで、太田が長崎奉行在任中に親交を深めた政継は参勤で江戸を訪れた際、太田家の次男勘次郎《かんじろう》の利発さに引かれた。そこで、太田に頼み養子に迎え入れた。太田としてもいずれ、勘次郎を他家へ養子に出そうという腹積もりであっただけにこの申し出には喜んで応じた。勘次郎こそが政直である。

「名門旗本の御子息として学問、武術に修練を重ねられたということですな」

佐々木の舌は滑らかになった。

「殿は他家から武芝家に入られて、戸惑っておられることも多いのではござらんかな」

「それはありましょうな。藩邸におきましても口さがないことを申す連中がおる」

佐々木はここで声を潜めた。涼之進は黙って先を促した。

「殿の御実父が御公儀の大目付であられることから、殿は武芝家の内情を御公儀に報《しら》せておられるという噂が立っておるのです」

「狗《いぬ》扱いですか」

「しっ、声が高うござる」

佐々木はさすがに顔をしかめた。なるほど、そういうことか。政直も藩内の自分を取り巻く微妙な空気を感じているからこそ、墨堤での荷車の暴走を暗殺未遂と受け止めていたのかもしれない。

「御先代は家中の混乱をお考えにはならなかったのですか。国許にはご側室お美《よし》の方さまがお生みになられた継明《つぐあき》さまがおられるのです」

「その辺のことはよくわかりません」

佐々木は首を捻《ひね》った。国許での継明の評判は決していいものではない。酒に溺《おぼ》れ、贅沢《ぜいたく》華美を好む。領内の巡検と称し、領内の目ぼしい女を見つけては側室とする。そうした行状は政継の生前からも見られたが、そうひどくはなかった。目に余るようになったのは政直が当主として迎えられてからだ。政継は早くから、継明を当主としてふさわしくないと思っていたのだろう。

佐々木はふと何かを思い出したように顔を上げ、

「そういえば、わたしが父から聞いたところによるとこんなことがあったそうです。かつて、寛政の頃です。武芝家は改易の危機を迎えたことがありました」

「拙者も聞いたことがあります」

それは武芝家中に語り継がれていることだ。

寛政年間、領内に大量のキリシタンが発見された。島原の乱を落ちのびた者たちだった。戦国時代諫早にはキリシタン信仰が根付いた。禁令となってからも隠れキリシタンは存続し、島原の乱から落ちのびたキリシタンを匿《かくま》ったのである。ところが、幕府の追及は厳しく、大量のキリシタンの存在が明らかにされた。まさに、御家改易の処分が下されようとした。それを救われたのは当時の藩主政道の実父上野摂津守盛矩《せっつのかみもりのり》のお陰だった。上野は幕府の勘定奉行を務めており、息子の嘆願を聞き、幕閣に武芝家存続を働きかけてくれたのだ。

上野の奔走により武芝家は領内からキリシタンを徹底して排除することを条件に改易を免れたのである。

「寛政騒動の教訓が政継さまにはおありだったのでしょう」

「だから、幕閣と繋がりを持ちたいということで政直さまを養子に迎えたということですか」

「その可能性はあります。沢村殿もそう思われませんか」

「そう言われてみればそうかもしれませんね」

実際、その通りなのかもしれない。とすれば、藩内で国許の継明を担《かつ》ごうとする勢力があっても不思議はない。そうなれば、藩内は割れるか。政直の気性を思えば継明を糾弾するのではないか。そして、継明を担がんとする勢力を一掃するかもしれない。

すると、御家騒動になるだろう。

と、なれば……。

御家騒動が幕閣の耳に入れば、幕府の介入するところとなる。政直の実父太田隠岐守は大目付、すなわち大名を監督する職務なのだ。勘繰れば、政直は武芝家が御家騒動となることを見越して乗り込んできた。いや、御家騒動を引き起こすつもりなのではないか。

いかにも、才気走った政直ならありそうなことだ。

「いかがされましたか」

ぼうっと考え事をしていると佐々木は五合徳利を向けてくる。

「何か考えごとをなさっておられたようですが。そうか、国許《くにもと》のことを思い出しておられたのでしょう」

「まあ、そんなところです」

涼之進はごくりと湯飲みの酒を飲み干した。政直のことを知れば知るほど、複雑な思いに駆られた。政直に感じた親近感、藩内の事情、酔いに任せた自分の勝手な考え、妄想と言ってもいいのかもしれない。政直が藩内に御家騒動を起こそうとしていると危ぶむのはまさしく勝手な想像にすぎない。

だが、政直が武芝家中で台風の目になっていることは確かだ。この嵐、武芝家を大きく揺さぶり、屋台骨をも破壊し尽くすかもしれない。

それとも、新風を吹き込み、これまでにない繁栄をもたらしてくれるのか。

いずれにしても二十石取りの下級武士の身分では家中の政《まつりごと》になど口出しはおろか、参加することもできない。蚊帳《かや》の外から眺めているだけだ。その方が気儘《きまま》ということかもしれないが、家中の嵐を指をくわえて見ているだけというのはどうも潔《いさぎよ》くはないし、つまらない気がした。

「いやあ、美味いですな」

佐々木の能天気さが羨《うらや》ましくもなった。

「そうだ、佐々木殿も剣術をやりませんか。よい道場がございますぞ」

「いや、わたしは」

佐々木はかぶりを振った。

無理に誘うことはない。ともかく、明日は仙石誠之助と再び竹刀《しない》を交えよう。

九

翌十二日の朝、涼之進は樋川道場へと足を向けた。

木戸門を潜《くぐ》ったところで美鈴と鉢合わせた。美鈴はしげしげと涼之進の顔を見上げた。いかにもその顔、どうしたのだと言いたげだ。

「これですか、いやあ、まいりました。家中の者と相撲を取りましてな。いささか、張り切りまして」

実際、美鈴が驚くのは無理もない。一夜明けた今、鼻血こそ出てはいないが、張り手を食らった顔の腫れは黒味を帯びた紫色になっている。道場に来る途中にもすれ違う者たちに怪訝《けげん》な目を向けられた。さすがに声をかけられることはなかったが、それだけに言い訳ができず、かえって恥ずかしい思いをした。それでも、俯《うつむ》き加減に歩くことはしなかった。武士は反身になって歩かねばならない。そう躾《しつ》けられてきた。

「大丈夫なのですか」

美鈴は心配そうだ。

「これくらい、何でもありません。面を被《かぶ》れば顔は隠れますしね」

美鈴はおかしそうにくすりと笑った。

「おかしいですか」

「だって、お身体《からだ》ですよ。お顔じゃなくって。それだけのお怪我《けが》をなすったってことは相当にお身体にもご負担があるのではございませんか」

「大丈夫です」

涼之進は胸を張って道場に入って行った。やはり、竹刀を打ち合うのはいいものだ。家中のごたごたした動きなど頭から追い出された。素早く、胴着に着替え防具を身に着ける。板敷きに出ると仙石誠之助の姿を探し求めた。誠之助は今日も凛《りん》としたたたずまいで竹刀を振っている。相手をしてもらおうと思ったが、新参者で誠之助と互角に打ち合った涼之進に興味を抱いた門人たちから次々と立合いを求められる。断ることは逃げるようで相手になっている内に稽古《けいこ》が済んでしまった。

帰り際《ぎわ》に誠之助に向かって、

「今度は是非、お手合わせくだされ」

誠之助は静かに微笑《ほほえ》んだ。いつでも相手になってやるという自信に満ちた笑顔だった。この顔を引き攣《つ》らせてやりたいものだという闘志がふつふつと湧《わ》いてきた。

道場を出ると屋敷へ帰る、その前に着物の一着でも見ようと思った。神田川に沿って古着屋が軒を連ねているらしい。古着といっても馬鹿《ばか》にはできない上物があるという。涼之進はその古着屋が建ち並ぶ柳原《やなぎわら》までやって来た。

さすがは江戸だ。

土手の下に菰《こも》掛けの小屋が軒を連ねそこに古着が並べられている。

「すごいたい」

目を輝かせながら古着屋を覗《のぞ》く。気さくな感じの主人がにこにこと揉《も》み手をしながら出て来る。涼之進の紫色に腫れ上がった顔にも眉《まゆ》一つ動かすことなく、

「お武家さまにはこれなどはいかがでございましょう」

主人が手に取ったのは久留米《くるめ》絣《がすり》の袷《あわせ》だった。見るからに上物だ。下級武士たる自分が身に着けるものではない。

「これは、とてもとても」

涼之進は遠慮がちに手を振る。

「お安くしておきます」

「いや、別のものは……」

「ならば、これなどは」

主人はいく着かの袷を手にして持って来た。涼之進がそれを手に取ろうとした時、背後で数人の足音が聞こえた。振り向くと見覚えのある連中だ。前田五郎兵衛たち大番組の連中九人だった。

「さすがは、殿のお気に入りだ。我らとは違ってお召し物にも気を使われるようだぞ」

前田は皮肉を飛ばす。他の者たちもそれに乗じて笑い声を上げた。

「貴殿らもいかがですか。中々、よき品がございますぞ」

「あいにくと我らにはそんなゆとりはござらん。それより、ちと、話がしたいのだが」

「ゆっくりとした話なら、藩邸に戻ってからの方がよろしいのでは」

「なに、ちょっとしたことです。そこの稲荷《いなり》までご足労いただきたい」

前田は有無を言わせない態度だ。その目つきといい、他の連中の不穏な態度といい、無視はできない。

「わかりました」

涼之進は古着を主人に返した。主人は前田たちの態度に怖気《おじけ》づいたのか、関わりを恐れるように古着を持って奥に引っ込んだ。前田を先頭に土手沿いに歩く。じきに稲荷があった。富士信仰の人工富士がある柳森《やなぎもり》稲荷だ。鳥居を潜ると木々の枝が風に揺れている。

「話とは何ですか」

涼之進はここで怒ってはならないと己を諫《いさ》める。

「おまえ、うまいこと殿に取り入ったものだな」

前田はねめつけてきた。

「取り入ってなどはおりません」

いかにも心外である。

「ふん、取り入っておらんだとよ」

前田は仲間に言う。仲間は薄笑いを浮かべた。この連中はやはり昨日のことを根に持っているのだろう。武士にあるまじき心根の卑《いや》しさだ。

「殿の気に入ることをして、出世を勝ち取ろうというのか」

「それは言いがかりというものだ」

「うるさい」

前田の声が甲走ったと思うと、他の連中に取り囲まれる。

「やるとか」

言った時には前田が殴りかかってきた。涼之進はそれを掻《か》い潜《くぐ》り下から前田の顎《あご》に拳《こぶし》を叩《たた》き込む。前田は地面に倒れ伏したが、

「やれ」

と、叫んだ。

八人が涼之進に向かって殺到した。さすがに涼之進とて一度に八人もの敵に殴りかかられては堪《たま》らない。直に地べたに引きずり倒された。

「顔はやめておけ」

前田は顎をさすりながら言う。それに応じるように蹴《け》りを入れられた。涼之進は

身体《からだ》を丸め攻撃に耐えた。ひたすら、耐えるしかない。後頭部を守ることのみを考える。だが、憎悪《ぞうお》を募らせたこの連中に自制心というものは働くまい。殺すつもりはなくとも、手加減ができなくなり、命を落とすことにもなりかねない。

するとその時、

「そこで、何をしておる」

という声がした。聞き覚えのある声だ。誰だと考えようとした時には囲みが解かれ、ついで慌《あわただ》しく立ち去る足音がした。涼之進はむっくりと起き上がる。痛みはさほどではないが、明日になったら痛むような気がする。着物に付いた泥を叩き払う。やって来たのは仙石誠之助だった。

「仙石殿ではないか」

驚きの声を向けると、

「古着を物色しようと思ってな、その前にお参りでもと立ち寄った次第」

誠之助はけろりと答えた。これまでとは、物言いが変化している。角が取れ、親しみを抱かせるものだが、その分乱暴にもなっていた。涼之進もそれは望むところだ。何時《いつ》までも堅苦しい言葉遣いは願い下げたいところだ。

「いやあ、助かった」

「ぶしつけながら、御家中の方々か」

「あ、いや」

言葉を曖昧《あいまい》に濁した。誠之助はじっと見てくる。曖昧にはすまされそうにない。

「ちょっとした揉《も》め事です」

「ちょっとした揉め事であのように大勢で一人を足蹴にするのか。武芝家がそんなにも荒ぶる家風とは知らなかった」

誠之助の言葉は本気とも冗談ともつかなかった。

「そうした連中もおるということです」

「その顔は、どうされた。道場では気がつかなかったが、その腫《は》れ具合からすると今の争いで負ったものではございますまい」

「これは相撲でござるよ。殿の御前で相撲を取ったのです」

「伊賀守《いがのかみ》さまは血気盛んなお方と聞いておりますが」

「武芸を奨励なさっておられます」

「なるほど……。養子入りされたのは昨年の師走《しわす》のことでしたな」

「いかにも」

「大目付太田隠岐守さまのご次男であられた」

「よくご存じですな」

「それくらいのことはごくごく常識でござるよ」

誠之助はけろりとしている。

「拙者は国許《くにもと》におりましたから、そうした事情はよくわかりません」

「いかにも素朴な沢村殿ならではのお言葉でございますな」

「それはどういう意味ですか」

「深い意味などはござらん。ただ、心配でござる。沢村殿のような純なお方が家中の抗争に巻き込まれねばよいが、と」

「家中に争いごとなどはござらん」

「ならば、それでよいのです。ただ、よからぬことも耳にします。武芝家中には伊賀守さまを当主として迎えることを快く思われない勢力が存するとか」

「そのようなものはおらんとたい」

ついい、興奮してしまった。

「これは失礼しました。てっきり、今しがた見た御家中の方との揉め事はその一環かと邪推しましたもので」

「まさしく邪推ですな」

涼之進は言うとくるりと背中を向けた。鳥居まで歩いた時に思い出したように振返って、

「お手助け、感謝致す」

と、頭を下げた。

十

上屋敷に戻った。長屋に入ると佐々木の家を覗いたが不在である。そうそういつも佐々木の世話になるわけにはいかない。今日は自分で飯の支度をしよう。と、思っても飯の支度をするというのは中々に骨が折れるものだ。

ありがたいことに往来から棒手振《ぼてふ》りの声が聞こえる。涼之進は曰窓《いわくまど》から顔を出し、

「豆腐をくれ」

と、声をかけた。

続いて泥鰌《どじょう》売りもやって来た。大名屋敷の長屋を売り先としている物売りは多い。この男たちもそうした連中なのだろう。

江戸は便利な土地だ。独り者の男が多いから、彼らが暮らしに困らないような仕組

みが出来上がっている。つくづくと感心しながら豆腐と泥鰌を買い求める。黙々と夕《ゆう》餉《げ》の支度をしたがそれにつけても気になることは誠之助の言動だ。誠之助は武芝家中の内情を知っていた。

知っていたのは誠之助に言わせれば常識ということだ。誠之助の常識がどんなものなのかはわからない。老中の側近という身分を思えば、全国の大名家の動静を頭に入れていても不思議はない。とすると、仙石誠之助という男、剣ばかりかよほど切れるのだろう。武芝家は三万石の小藩、そのような小藩の家中の事情も頭に入っているのだから。

それとも、自分という男が同じ道場に入門してきたから、武芝家に興味を抱いたということか。

いずれにしても誠之助は武芝家の内紛に興味を持ったということだ。そう考えると、柳森稲荷に顔を出したことは得心がいく。古着を買いに来た途中に立ち寄ったと言ったが、自分をつけて来たのではないか。自分をつけるに際して前田たちの動きも目に入ったに違いない。

とすれば、仙石誠之助、油断のならない男だ。

「御免」

引き戸が叩かれた。

なんだ今頃。

ひょっとして前田らとの揉め事が表面化したということか。それならそれでかまわない。こちらに非があるわけではないのだ。

涼之進は引き戸を開けた。

物頭武藤秀次郎が立っている。

「明朝五つに御殿控えの間に参上せよ」

例によって武藤はぶっきらぼうだ。

「あの、何用でございますか」

「御家老が申された。何用かはわしも聞かされておらん」

武藤の顔を見れば嘘《うそ》ではないようだ。

来ればわかるではないか、おれを困らせるなと言いたげである。

「承知致しました」

武藤を責めてみたところで仕方ない。大方、前田たちとの揉め事が家中で問題となり、それについての譴責《けんせき》があるに違いない。ともかく、堂々と胸を張って対処しよう。譴責の場には政直も立ち会うのであろうか。

それにしても、赴任間もないというのに様々な出来事に遭遇したものだ。これでは、故郷を偲《しの》ぶ暇もない。

やはり江戸だ。

江戸という巨大な町は自分の思惑などは遥《はる》かに超越して動いているのだ。その渦の中に自分は放り込まれた。その渦とは武芝政直。政直という存在が武芝家中を大きく揺さぶっている。そして、その揺れ動きは武芝家のみに留まらず、家中の他、幕府をも巻き込むものであるのかもしれない。

「やったるたい！」

わけもわからずそう叫んでいた。

理由はわからないが身体《からだ》中を熱い血潮が駆け巡っている。

明くる朝の五つ、涼之進は指定された御殿控えの間に座っていた。八畳の座敷は違い棚が設けられた書院造りになっている。幕府や他藩からの使者が訪れた時などに使用されるとあって、畳は真新しく塵《ちり》一つ落ちていない。こんなにきちんとした座敷では、どうにも居たたまれず、尻《しり》がむず痒《がゆ》くなった。が、姿勢を崩すわけにもいかず正座をしたまま待つことしばし、廊下の足音が近づいて来た。

涼之進は威儀を正した。襖《ふすま》が開き、入って来たのは江戸家老鬼頭内蔵助である。今日の鬼頭は裃《かみしも》姿、下屋敷で会った時よりもいかめしい顔をしている。涼之進は両手をついた。鬼頭は涼之進の前に座った。涼之進が顔を上げたところで、

「沢村涼之進、そちを物頭として百石に取り立てる」

「……。そ、それは」

きょとんとした。

「物頭に昇進じゃ。喜ぶがよい」

「わたしが物頭。百石……。で、ございますか」

鬼頭はうなずき更に驚くべきことを告げた。

「そればかりではない、来月弥生《やよい》一日をもって、大番方から転じ、殿の用人兼留守居役補佐を命ずる」

涼之進は身体が固まって動けない。

「異例の抜擢《ばってき》じゃ。殿のご期待に応《こた》えるよう励め」

鬼頭はそれだけ言うと素早く控えの間を出て行った。

ここに至って事の重大さに気がついた。政直がそこまで自分を買ってくれたのかというれしさと責任感、それにあの政直の側近くに仕えねばならないという恐れがど

っと押し寄せる。

すると、またしても足音が近づく。その足音は乱暴で辺りを憚《はばか》るという遠慮が一切ない。

政直か。

案の定、

「鬼頭から聞いたな」

政直は襖を開けると同時に言葉を投げてきた。

「はい」

元気に返事をするのが精一杯である。

「余はおまえが気に入った。今日からでも用人と留守居役補佐に任じたかったが、大名家とは厄介なものだ。平士であるおまえが用人と留守居役補佐にはなれないということでな、まずは、物頭として百石取りにしてからということになったわけじゃ」

政直は機嫌がいい。涼之進は恐縮しきりで頭を垂れている。

「それから、おまえを襲撃した連中、国許に返し、蟄居《ちっきょ》としてやったぞ」

「前田殿たちでございますか」

唖然《あぜん》とした。柳森稲荷での前田らとの一件、藩の知るところとなったのか。

「おまえに対しての卑怯《ひきょう》な行いを目撃したという投げ文があり、鬼頭が詮議《せんぎ》したところ事実とわかった」

「投げ文でございますか。一体、何者が」

「そこまでは知らん」

政直は気にしていないようだが、涼之進の脳裏には一人の名前が浮かんだ。

仙石誠之助である。

「余はこういう気性じゃ。敵は多い。そんな余が、この武芝家を守らねばならん。信用の置ける家臣を側に置いてな」

ここで涼之進は頭を上げた。政直に対する心ない噂《うわさ》が脳裏を過《よぎ》る。不遜《ふそん》かもしれないが、それを政直にぶつけたくなった。胸にわだかまりがあっては政直の側近くに仕えることはできない。

「殿には、悪い評判がございます。ご実父太田隠岐守さまの手先となって……」

政直は右手を振って涼之進の言葉を遮り、

「存じておる。余が父と結託し、武芝家の御家騒動を策しておるということじゃな。はっきり申す。余はそんなことは微塵《みじん》も考えておらん。父にしてもじゃ。余は武芝家に請《こ》われて養子入りし、先代政継殿の後継藩主となった。引き受けたからには、武芝家のために粉骨砕身するのが武士の道じゃ。武芝家に仇《あだ》する者は余の敵」

すかさず涼之進は政直を見上げ、

「太田隠岐守さまであってもですか」

政直はまばたきするほどの迷いもなく、

「無論である」

その目は清水の如《ごと》く澄み切っていた。

——この方を信じよう。

涼之進も迷いはなくなった。

「ならば、励め」

政直は風のように去って行った。

春の深まりを感ずる薫風《くんぷう》が吹いたようだ。全身を熱い血潮が駆け巡る。

またも仙石誠之助のことが思い出される。誠之助が投げ文の主と決まったわけではないが、涼之進を前田たちの暴行から救ってくれたことは事実だ。その際、武芝家の内情を語ってみせた。

誠之助は、そして誠之助の主人たる老中松林備前守は武芝家にとって味方となってくれるのか、それとも敵か。

九州の果てから江戸に出て来て半月足らず、あまりに急激な己が環境の変化に戸惑っている暇はない。

「やったるたい！」

涼之進は雄叫《おたけ》びを上げた。

第二章　掛け軸騒動

一

如月《きさらぎ》の晦日《みそか》、沢村涼之進は神田鍛冶町一丁目の樋川源信道場を訪ねた。

明日から、藩主政直の御用人兼留守居役補佐としての役目が始まる。これまでのように道場に足を運ぶことはままならなくなる。今日は思い切り汗を流したい。それに、仙石誠之助のことが気になる。誠之助とじっくり話がしてみたくなった。

まずは、源信に役目の都合で道場に来るのがままならなくなる旨《むね》、詫《わ》びを入れた。源信は事情を聞き、涼之進の出世を喜んでくれた。道場に誠之助の姿はなくいささか物足りない稽古《けいこ》を終え、井戸端で汗を拭《ぬぐ》った。微風に甘い香が混じっている。すぐに美鈴とわかった。

「沢村さま、ご出世なさったのですってね」

美鈴も喜んでくれているようだ。甘酸《あまず》っぱいものがこみ上げてくる。

「仙石殿に比べたら大したことはございません」

涼之進の口から誠之助の名前が出ると美鈴の表情が動いたように見えた。それが、涼之進の心に小波《さざなみ》を立てた。

「しばらく、道場に来られないかもしれませんので、今日は仙石殿と立合いたかったので残念です」

「仙石さまは、このところお忙しいようですよ」

「やはり、御老中の用人ともなると忙しいのでしょうね。それにしても、何でそんなに忙しいのでしょうな」

ひょっとしたら、自分を避けているのではないかと勘繰った。

「わたしに聞かれても知るわけありませんわ」

美鈴は心持ちすねたような口調になった。顔を見せてくれない誠之助に対する不満を涼之進にぶつけているようだ。涼之進が口を閉ざしたところで美鈴は自分の態度の変化にはっとなった。

「沢村さま、ご多忙になられるでしょうが、これからも稽古にいらしてくださいね」

「もちろんです」

美鈴は染《し》み透るような笑顔を残しその場を去った。


明くる弥生《やよい》一日はあいにくの雨模様だった。湿った空気が漂っていたが、今日の日に備えて念入りに掃除を行った家は清々《すがすが》しさを感じる。六畳間には真新しい裃《かみしも》、小袖《こそで》、足袋、それに扇子が整えられてある。気分新たに裃に着替え、鏡で月代《さかやき》、髭《ひげ》に剃《そ》り残しはないか念入りに確かめる。

そこへ、

「沢村、早くせよ」

と、戸が開けられた。背筋が伸びる。落ち着けと自らに言い聞かせる。大きく息を吸ってからゆっくりと吐き、案内の侍に伴われ御殿の玄関に入った。人気はなく、屋根を打つ雨音がやたらと耳につく。無言で侍の後ろをついて行く。鏡のように磨き抜かれた廊下は、慣れない白足袋を履いているため足を滑らせそうだ。

足元に気をつけながら奥に向かって走る廊下を進み、突き当たりを右に折れたところで、

「ここにて、しばし待たれよ」

と、案内の侍は去った。坪庭に面した座敷である。障子を開け中に入ると装飾の類《たぐい》はないが、清潔に保たれた八畳間だった。しばらく待っていると、廊下を足音が近づいて来る。足音が止まり、咳払《せきばら》いがした。

涼之進はぴんと居ずまいを正すと自《おの》ずと身が引き締まる。

「御免」

障子が開き、初老の侍が入って来て涼之進の前に座った。

「沢村じゃな」

「はい、沢村涼之進です」

男の顔を正面から見据えた。男はふんふんとうなずき、

「わしは江戸留守居役浜田勘三郎《かんざぶろう》と申す。よしなに」

浜田は酒の飲み過ぎなのか、渋柿《しぶがき》のような顔色をしていた。額に深い皺《しわ》が三筋刻まれ、両目が落ち窪《くぼ》んで頬骨が張っている。

「こちらこそ、よろしくお願い申し上げます」

「そこもとは殿の用人であるのと同時にわしの補佐役も担《にな》ってもらう。つまり、留守居役補佐だ」

「承知仕《つかまつ》りました」

「殿より、中々、肝の据わった男と聞いた。早駆けでは大そうな働きをしたそうじゃな」

「…………」

ここで自慢していいものか、慎むべきなのか、迷っているそばから浜田は話を進める。

「禄高《ろくだか》は百石じゃ」

浜田は無表情だ。いくら、殿さまの身を助けたとはいえ、二十石の者がいきなり百石とは異例の抜擢《ばってき》である。家中にはその抜擢に対する反発もあろう。現に浜田は表情を消してはいるが、涼之進を品定めするかのように舐《な》めるような眼差《まなざ》しを向けてきた。

――実るほど頭《こうべ》を垂れる稲穂かな。

国許《くにもと》を出る時、母親から繰り返し聞かされた言葉が胸に蘇《よみがえ》る。

「過分な思《おぼ》し召《め》しに存じます」

深々と頭を下げる。

驕《おご》ってはならないが、卑屈になってもいけない。異例の抜擢をされたということは政直にもその覚悟があるのだ。この上は期待に応《こた》えねば男ではない。

「二十石取りの平士を百石に加増するとは、殿のそなたへの期待がわかろうというものじゃな」

浜田の言葉を皮肉とは受け取りたくない。

「もとより、ご期待に添うべく最善を尽くす所存です」

浜田の視線を撥《は》ね退《の》けるように強い眼差しで返す。

「では、暫時《しばし》待て」

浜田は腰を浮かした。

「あの、わたくしは?」

指示を仰ごうと思ったが、

「わしと一緒に出かける故《ゆえ》、しばし、待っておれ」

浜田は座敷から出て行った。浜田の足音が聞こえなくなったところで膝《ひざ》を崩した。

「しばし、待て、か……」

耳をそばだてると坪庭から女たちの会話が聞こえる。どうやら雨が上がったようだ。障子を開けると、濡《ぬ》れた地面や廊下に雨露を含んだ花弁が散っている。掃除をするため女中たちが数人奮闘していた。雲が切れ、日が差してきた。雨で濡れた桜の花がしとやかに輝いている。やることもなく桜を眺めていると、女中が怪訝《けげん》な顔を向けてきた。

「拙者、先月、国許より出府してまいった沢村、沢村涼之進と申す。以後、よろしく願いたい」

笑顔と共に明るい声を放ったが、女中たちは困ったような顔で頭を下げるだけで、みな涼之進を避けるように掃除の手を休めない。尚《なお》も話しかけようとしたが、馴《な》れ馴れしい態度で接することはよくないと口を閉ざした。そうなると、この場にいるのがいたたまれなくなる。うろうろするのはよくないと思いつつも、廊下を歩き出してしまった。広大な御殿である。すれ違う女中たちから不審そうな眼差しを受けながら、どこをどう辿《たど》ったのか炊事場に入った。と言うより迷い込んだといった方が適当か。

勝手では台所役人や女中、料理人があわただしく働いている。見慣れぬ男の侵入に不思議そうな顔をしながらも、誰一人として言葉をかけてくる者はいない。大勢の人間がいるのだ。この場を借りて自己紹介でもしておこうかと咳払いし、

「拙者は……」

大きな声を上げたところで、

「これこれ、貴殿は？」

厳しい顔を向けてきた侍がいた。

「これは失礼申し上げました。拙者、本日より殿の御用人兼留守居役補佐を拝命しま

した沢村涼之進と申す者です」

相手は涼之進の頭から爪先《つまさき》までをねめつけた後、

「ああ、貴殿か。沢村殿とは。殿の危うきをお助けし、えらく気に入られたそうじゃな。なるほどなあ」

なるほどなあとはどういう意味なのか、と問いかけたい気持ちを腹に仕舞うと、相手はおもむろに、

「拙者、御膳《ごぜん》番頭を務める久川十内《ひさかわじゅうない》と申す」

久川は新参者がなにをしに来たのだとでも思っているのだろう。険のある目をした。

「以後、お見知りおきを」

涼之進は丁寧に頭を下げた。

「殿の御膳の仕度がござるゆえ」

久川は炊事場から出て行くよう目で言った。

「あの、藩邸について少々お教え願いたいのだが……」

久川はとりつく島もなくくるりと背を向けた。

——歓迎されておらんとか。

冷たい眼差しを浴びながら浜田と面談した控えの間に戻るべく炊事場を出た。

ところが、

「困ったと」

部屋がわからない。行き当たりばったりで屋敷内をうろついたために、どこを通って来たのかがわからなくなったのだ。

「すまんが」

行き交った女中を呼び止め、自分がいた座敷を聞こうとしたが、説明しようにもうまく説明できないため、警戒の視線を向けられるばかりだ。それでも、どうにか桜の花びらを舞い散らせていた坪庭を思い出したおかげで、道順を聞くことができた。座敷にたどり着いたところで、

「仕える屋敷で迷子になるとは我ながら情けない」

自分の行動が可笑《おか》しくなり苦笑交じりに頭を掻《か》いた。

すると、

「沢村、どこへ行っておった」

浜田が顔をしかめながら廊下を歩いて来る。

二

「厠《かわや》へ行こうと思ったのですが迷ったのです。殿さまがおられるだけあって、御殿とは広いものですなあ」

悪びれることもなく桜の木を見上げた。浜田は苦言を呈したげに眉間《みけん》に皺を刻んでから出かけると言った。何処《どこ》まで行くのだという問いかけには日本橋の長谷川《はせがわ》町と答えた。

「裃は堅苦しくていかん、羽織に着替えてまいれ」

浜田は忙《せわ》しげであるが、どこか楽しそうだ。その目元の緩んだ横顔を見ると、妙な安堵感《あんどかん》が広がった。

涼之進は浜田に伴われ、日本橋長谷川町の高級料理茶屋佐賀万にやって来た。檜造《ひのき》りの二階家である。玄関で腰の大刀を仲居に預けた。

「一体、どなたとの会合ですか」

浜田の耳元で囁《ささや》くと、

「来ればわかる」

浜田は答えるのももどかしげである。仲居の案内で階段を登り、廊下を奥に進むと突き当たりの座敷に通された。襖《ふすま》が開けられ賑《にぎ》やかな声が聞こえてくる。三十畳はあろうかという大きな座敷に、二十人ほどの侍が膳を前に座っていた。

「遅くなり申した」

浜田はにこやかな顔で膳の前に座った。涼之進が入り口でぼうっと立ち尽くしていると手招きされて横に座らされた。膳はコの字型に整えられていた。涼之進たちの席は中ほどだ。

「これで、揃《そろ》いましたな」

上座の侍が一同を見回した。

「みなさま、お待たせしました」

浜田は申し訳なさそうに頭を下げた。涼之進も不器用な所作で頭を下げる。

「今宵は夜桜を愛《め》でる会でござる。存分に楽しみましょうぞ」

上座の侍が言った。みな、杯を持ち窓の外を見やった。暮れなずむ空は浅葱《あさぎ》色が残り、地平に朱が混じっている。月こそ出ていないが薄く伸ばされたような雲間に星影が瞬《またた》いていた。冷たい風が吹き込み酒に火照《ほて》った連中には心地良い肌触りである。

「浜田さま、この会合は何でございますか」

「柳の間詰めの大名家の留守居役同士の寄り合いなのじゃ」

浜田はにんまりとした。柳の間は江戸城での大名の控えの間である。三万石以上、七万石未満の外様《とざま》大名が詰めている。留守居役たちは情報交換を名目に定期的にこのような会合を持っていた。会合はこうした料理茶屋で開かれる。このため、留守居役たちが出費する交際費は莫大《ばくだい》なもので、大名家の台所にとって大きな負担となっていた。しかし、情報収集はどの藩にとっても必要不可欠のものと考えられ、やむなく目を瞑《つぶ》っているのが実情だ。

「今晩はまあ、おまえにとっては顔繋《つな》ぎじゃ」

「今、ご挨拶《あいさつ》されたのはどちらの御家中の方ですか」

「横手藩留守居役北峰玄三郎《きたみねげんざぶろう》殿じゃ。われらの会合の肝煎《きもい》りをしてくださっておる」

浜田はまあ飲めと蒔絵《まきえ》銚子《ちょうし》を向けてきた。黒漆に金色で花鳥風月が描かれているいかにも値の張りそうな逸品で、酒を入れるのが勿体《もったい》ない気がする。が、ここは断るのも失礼にあたるだろうと朱塗りの杯で受け、すぐに酌を返した。

「われら、こうした場で会合をしておるのじゃ」

浜田はさも重大な任に就いているように顔をしかめて見せた。

「何か得るものがございますか」

涼之進は聞きようによっては不遜《ふそん》とも取られかねない問いかけをした。浜田は大真《おおま》面目《じめ》な顔で、

「ある」

と、勢いよく杯をあおった。

「どのようなことですか」

「たとえば、勅使饗応《きょうおう》のお役目がどの大名に下されるか、御公儀が行われる普請《ふしん》がどの大名に割り当てられるか、などじゃな」

勅使饗応は五万石未満の外様大名に下されることが慣例になっている。その任に就いた大名へ前年の大名家から要した費用などをあらかじめ聞くことは、財政上のやり繰りを行う上で欠かせないことだ。

「なにせ、赤穂《あこう》の一件もあるからな」

赤穂の一件が、「仮名手本忠臣蔵」の芝居で知られる播州《ばんしゅう》赤穂城主だった浅野内匠《たくみの》頭《かみ》による殿中での刃傷《にんじょう》事件であることは言わずもがなだ。

なるほど一理あるかもしれない。

涼之進がうなずいたところで、

「さあ、ご挨拶にまいるぞ」

浜田に肩を叩《たた》かれ襟を整えた。浜田について行き、横手藩江戸留守居役北峰玄三郎の面前に座った。

「北峰殿、これなるは本日より留守居役補佐として出仕致しました沢村涼之進でございます」

「沢村涼之進です、よろしくお願い申し上げます」

涼之進は丁寧に頭を下げた。但《ただ》し、舐められまいと大きな目に力を込めた。肝煎りといっても、上役ではない。媚《こ》びることはないのだ。

「本日より出仕と申されると……」

北峰は余裕たっぷりの面持ちで蒔絵銚子を向けてくる。

「先月、国許から江戸詰めとなったばかりです。藩主伊賀守《いがのかみ》さまの知遇を得ることかないまして留守居役補佐となりました」

「二十石取りが百石へ加増されたのです」

浜田は賞賛とも皮肉ともつかない表情で口を挟んだ。

ここで気圧《けお》されてなるものか。

涼之進は平然と北峰を見返した。

「ほう、それは、それは、伊賀守さまのご期待もひとしおでござるのう」

北峰は浜田に目を向けた。

「この者、殿のお命を救い申した」

「なんと、では、医術の心得でもあるのかな。何せ、諫早といえば長崎に近い。西洋医術でも学んでおられるか」

北峰の感心は見当外れであった。どう返事をすればいいのか迷っていると、

「過日、殿は足を滑らせ大川に転落された。沢村は水練の心得があり、殿が溺《おぼ》れかかったところを助けたのでござる」

浜田の答えに北峰は苦笑を浮かべた。

「あいにくと、医術は学んだことがございません」

「まあ、いずれにしてもご主君のお命を救うとは大した忠義じゃ。伊賀守さまはよき家臣を持たれたものよ」

北峰は何度もうなずいた。

「いいえ、わたくしごとき者には」

浜田の手前謙遜《けんそん》しておこうとしたが、

「無用の謙遜は伊賀守さまをも汚《けが》すことになるぞ」

北峰に言われ、口を閉じた。

「謙遜も過ぎれば美徳とならずじゃ」

浜田はもっともらしい物言いをした。

「恐れ入りましてございます」

ここは年寄りの言うことに素直に従おう。

「よし、若者は素直でなくてはならん」

北峰は上機嫌で杯を差し出した。涼之進は軽く頭を下げてから蒔絵銚子で酒を注いだ。

「時に浜田殿、用心怠りなきようになされよ」

北峰は浜田に視線を向けた。

「何か御公儀の動き、気になることがございますか」

浜田は声を潜めた。

北峰の表情がくもった。

「席を外しましょうか」

涼之進は気を利《き》かしたつもりだったが、

「おまえ、武芝家江戸留守居役補佐であることを忘れたか」

浜田に言われ頬を引き締めた。北峰はちらりと涼之進に視線を投げてから、

「御公儀財政難の折、御老中松林備前守さまは外様大名の改易を進めようと企《たくら》んでおられるとのこと」

留守居役の御役目早々にして、生々しい政《まつりごと》の舞台裏を垣間見《かいまみ》た思いだ。胸に緊張が走る。

「松林さまが食指を伸ばされるのは何処の御家中なのでしょうな」

浜田が問いかけた。

北峰は小さく首を横に振り、「わからぬ」とつぶやいた。

「ともかく、松林さまは些細《ささい》な落ち度も槍玉《やりだま》に挙げ、それを口実とし無理難題をふっかけて改易に持ち込む腹であろう」

「無理難題を押し付けてまで、外様を改易に持ち込むとは……」

涼之進には松林の意図が読めない。

「御公儀は財政難を乗り切る方策として、御老中首座水野出羽守さまが中心となり貨幣改鋳《かいちゅう》を行っておられる。それに批判的なのが松林さまだ。松林さまは貨幣の改鋳が物価高を招いていると意見しておられる。それで、対抗案として天領の新田を開墾することと天領を増やすこと、すなわち外様の領知を天領にすることを主張なさってお

られる」

北峰は杯を飲み干した。

「われらも用心せねばな」

浜田の言うことは当然だが、具体的にどうすればいいのか涼之進にはわからない。

「時に小耳に挟んだのだが、近々、松林さまが武芝家の藩邸を訪れるとのこと」

北峰の言葉に浜田は驚きの表情を浮かべた。

「うむ、今朝ほどわが殿より漏れ聞いた」

北峰は視線を揺らした。

「一体、松林さまは何をしにまいられるのか」

浜田は首をひねった。

「茶会だそうじゃ」

北峰は茶を点《た》てる真似《まね》をした。

「それは、表立ってのことでしょう。松林さまは、必ずや武芝家の落ち度を見つけ出す腹積もり」

涼之進が言うと浜田はあたり前のことを言うなとばかりに顔をしかめ、

「いずれにしても、用心してかからねば」

自分に言い聞かせるように首を縦に振った。

「わたしも出来る限り耳をそばだてております」

こう言った北峰に浜田が頭を下げたところで、芸者や幇間《ほうかん》が入って来た。

「さあ、夜桜見物じゃ。賑やかにまいろうぞ」

北峰はこれで話は終わりだとばかりに頬を緩めた。

既に夜の帳《とばり》が下りていた。

淡々とした柔らかな夜空は春の深まりを感じさせる。春闇を彩《いろど》る星には温《ぬく》もりと共に懐《なつ》かしさを覚え、高張り提灯《ちょうちん》の灯りに浮かぶ桜の優美さたるや息を呑《の》むほどだ。座敷は賑やかな音曲や幇間の声、芸者の嬌声《きょうせい》に彩られた。浜田は座敷の賑わいに身を任せていたが、涼之進はそんな気分には浸れなかった。すると、

「さあ、どうぞ」

芸者が蒔絵銚子を向けてきた。

「ああ、すまない」

反射的に杯を差し出すと、

「お顔の色がすぐれないようですけど」

杯に浮かぶ顔はなるほど冴《さ》えない。留守居初日の緊張感と政の最前線に立たされた

重圧とが覆《おお》いかぶさっているのだ。

涼之進は心配はいらないと作り笑いを浮かべた。その上、涼之進は芸者に酌をしてやった。

「きれいな夜桜ですね」

芸者は窓の外に目をやった。

言われて涼之進はやっと桜を愛《め》でる気持ちになった。薄紅の花弁の色がほんのりと闇に浮かんでいる。目にやさしい色合いだった。

「千代乃《ちよの》です」

芸者に言われ、それが名前だと理解するのに少しばかり時を要した。

「わたしは武芝伊賀守さまの家来で沢村涼之進と申す」

「沢村さま、たくましいお方ですね」

千代乃は微笑《ほほえ》んだ。瓜実顔《うりざねがお》の美しい顔立ちだ。つい、心が和んだ。もっと話をしようとしたが、

「千代乃、こっちだ」

北峰の無粋な声と共に千代乃は涼之進の前から去って行った。残り香が鼻先をかすめ心地良い気分に浸れた。

三

翌二日の朝早く、涼之進は浜田に伴われ藩主武芝政直に目どおりをした。登城の仕度を終えた政直は書院で二人と対した。

「殿におかれましては、ご機嫌麗《うるわ》しゅうございます」

浜田が型どおりの挨拶をすると、政直はそれには答えず、

「留守居役どもの寄り合い、いかがであった」

涼之進に視線を向けてきた。

「色々と勉強をさせていただきました」

当たり障《さわ》りのない返事をすると、

「寄り合いは勉強の場ではない」

政直の目が厳しくなった。

「御意にございます」

涼之進は頭《こうべ》を垂れた。

「昨晩の成果は何だと問うておるのじゃ」

政直は鋭い声を浴びせてくる。浜田がわずかににじり寄った。

「涼之進に聞いておるのじゃ」

政直に厳しく制せられ浜田は口を閉ざした。

「畏《おそ》れながら申し上げます。昨晩、横手藩留守居役北峰殿より、御老中松林備前守さまが御公儀の財政を建て直すため、外様大名の改易を目論《もくろ》んでおられると承りました」

ここで政直の反応を窺《うかが》おうと口を閉ざす。政直は表情を消して話の先を促す。

「その目論見と関係があるかどうか不明でございますが、松林さまは近々の内に当家を訪れられるおつもりだということにございます」

「茶会を望んでおられるとか」

ここで浜田が言い添えた。

「松林殿がのう……。浜田、当家につけ入られる事、何かあるか」

浜田はしばらく考えていたが心当たりはないと答えた。

「しかとそうか」

政直は念押しをした。

浜田は今度は厳しい顔をした。政直は頬を緩め、

「たかが、茶会だ。気にすることもあるまい。だが、用心怠ってはならんぞ」

という言葉を残して腰を上げた。

政直がいなくなると涼之進の胸は軽くなった。それを不忠であると己を諫《いさ》めたところで、横で浜田が自分の肩をぽんぽんと叩いた。

「わたしの答弁が拙《つたな》かったがために殿の機嫌を損なってしまったようです」

「気にすることはない。殿はお若い。何事も拙速に事を運ばれる」

浜田は気にするなとばかりに笑みを広げた。わずかに好感を抱けた。

その夕刻、政直が下城すると、またも書院に涼之進と浜田が呼ばれた。裃《かみしも》を脱ぎ、黒縮緬《ちりめん》の羽織、小袖《こそで》に袴《はかま》という軽装になった政直は穏やかな表情を湛《たた》えていた。脇《わき》に江戸家老鬼頭内蔵助が控えている。

「御老中松林備前守殿が当家に今月の八日、まいられることになった」

「いささか急にございますな」

浜田は鬼頭を向いた。

「致し方あるまい」

鬼頭が言うと、

「茶を一服喫するだけだ。気づかいは無用と申されたがのう」

政直はおかしそうに肩を揺すった。

「しかし、御老中がおいでになられるからには、ただ茶だけを振る舞うわけにはまいりません」

鬼頭は眉根《まゆね》を寄せた。

「いささかの土産を用意致さぬことには」

浜田が言うと、

「そうじゃ。いくらくらい金子を用立てればよいのか、探りを入れよ」

鬼頭は浜田に命じた。すると、政直は思い出したように、

「ところで、本日の登城の折、松林殿が神君家康公から当家の藩祖政高に下賜《かし》された掛け軸があると申しておられたが」

鬼頭が膝《ひざ》を進め、

「畏れ多くも神君家康公が御自ら筆を執られ、鷹《たか》を描かれた水墨画の掛け軸でございます。よって、神君の鷹と呼ばれておる宝物にございます」

「ほう、それは、それは」

政直は好奇心を抱いたようだ。

「松林さまはそれをご覧になりたいと仰せなのですな」

涼之進が呟《つぶや》くと、

「涼之進、そなたも見てみたいであろう」

政直に声をかけられ、どきりとしたが、

「はい、是非に拝見したいものです」

政直も頬を綻《ほころ》ばせながら、

「余も見てみたい」

鬼頭に視線を送った。

「承知仕《つかまつ》りました。これへ、運ばせます」

鬼頭は廊下に出ると、神君の掛け軸を持って来るよう命じた。

「神君家康公は殊《こと》の外、鷹を愛《め》でておられたとのことじゃ」

「まこと、素晴らしきできばえにございます」

鬼頭は笑みを広げた。涼之進も期待に胸を弾ませた。政直の側近くで働けることを改めてうれしく思った。国許《くにもと》にいては武芝家の家宝など、生涯拝することはできない。

鬼頭と浜田は神君の掛け軸がいかに素晴らしい家宝かを語った。

「その方らがいくら言葉を尽くそうが百聞は一見にしかず、じゃ」

政直は待ち遠しそうに首を伸ばした。

しかし、四半刻が過ぎようとしても掛け軸は運ばれて来ない。政直は苛立《いらだ》ちで頰を強張《こわば》らせた。すると、廊下を足音が近づき、鬼頭を呼ぶ声がした。鬼頭は政直に頭を下げ廊下に出た。襖《ふすま》越しに声が聞こえた。

「なんじゃと、もっと、よく探せ」

鬼頭はあわてている様子だ。

「いかがいたした」

政直は堪《たま》りかねたように廊下に出た。襖が開け放たれ鬼頭が唇を震わせているのが見えた。

「掛け軸が、見当たらないとのことにございます」

鬼頭の返答に政直は唇を真一文字に引き結んだ。

四

政直が言葉を発する前に、

「探せ、もっと、徹底的にじゃ」

鬼頭は声を上ずらせた。

「殿、いかが致しましょう」

浜田も立ち上がった。

「落ち着け」

政直は座りなおした。涼之進も浮かした腰を戻した。

「たかが、掛け軸一幅になにを慌《あわ》てておる」

政直は皮肉げに口を曲げた。

「しかし、その掛け軸は」

鬼頭は悲痛に顔を歪《ゆが》めた。

「わかっておるわ。神君家康公から下賜された宝物と言いたいのであろう。しかし、掛け軸は掛け軸じゃ」

政直は傲然《ごうぜん》と言い放った。掛け軸くらいのことでうろたえはせぬぞと虚勢を張っているようだ。度を失うことは危ういが、開き直るのも危険だ。涼之進は進み出た。

「畏れながら、そのたかが掛け軸によって、当家に災いが及ぶというようなことにでもなりますれば、藩祖政高公に対し顔向けができません」

「沢村の申す通りでございます」

鬼頭がすかさず言い添えた。

「それは、その通りであるが」

政直は思案するように顎《あご》を引いた。

「どうにかせんことには」

浜田はうつむいた。重苦しい空気が漂った。それを払い除《の》けるように、

「畏れながら、わたくしにお任せください」

涼之進は勢いよく畳に両手をついた。もちろん考えがあってのことではなく、勢いで申し出てしまったのだ。具体的な方策があるわけではない。第一、その掛け軸を見たこともないのだ。

「いかにするのじゃ」

政直に視線を向けられ、

「神君の掛け軸、盗まれたに相違ございません。きっと探し出してごらんに入れます」

「できるか」

「この涼之進にお任せください」

口に出してから後悔が胸を過《よぎ》ったが、もう遅い。

すると、鬼頭が畳み込むように、

「六日の猶予《ゆうよ》しかない。わかっておろうな。松林さまがおいでになる八日までにじゃ」

「ふむ、まさしく」

浜田も言い添える。

「承知いたしました」

早々に厄介な役目を引き受けたことを軽率だと思いはしまい。むしろ、新参者の身で大事な役目を担《にな》うことができることを喜ぼう。そんな涼之進の心の内など察する気もないのだろう。

「沢村、しかと探し出せ」

鬼頭は肩の荷が下りたのか、先ほどの強張った表情を緩めていた。

「では涼之進に任せるとして、その掛け軸、どのような図柄であったのか、涼之進に示さねばならんな」

政直は鬼頭を見た。鬼頭は浜田を流し目に見た。浜田は、

「畏れながら、拙者が示したいと存じます」

「ほう、そなたがか」

鬼頭がすかさず、

「浜田は手先が器用でございまして、絵に関しては玄人《くろうと》はだしでございます」

「ならば、早速に描いてみよ」

文机《ふづくえ》と絵筆、美濃紙《みのがみ》が運び込まれて来た。浜田の目は生き生きと輝いた。絵を描くことがうれしくてならないようだ。

「では、お粗末ながら」

浜田は筆の運びも鮮やかに絵を描き始めた。富士が描かれ、富士の裾野《すその》に鷹が一羽舞っている情景が浮かび上がった。

「鮮やかであるな」

鬼頭が賞賛した。それは、神君の鷹に対する賞賛なのか、浜田の絵の技量を誉《ほ》めているのかはわからない。浜田は膝で政直ににじり寄り、絵を捧《ささ》げた。政直は、

「これが絵柄か。しかと相違ないな」

鬼頭に念押しをした。

「はい、間違いございません」

「よし、ならば涼之進」

政直は涼之進に手渡した。

「その絵を持ち、探すのじゃ」

「承知致しました」

絵に視線を凝らした。富士の裾野で鷹狩りをする神君家康の姿が眼前に浮かんでくるようだ。図柄はこの通りとしても、実際の絵の出来栄え《できば》がどのようなものなのかはわからない。しかし、絵の出来がどのようなものであれ、家康が描いたことに値打ちがあるのだ。そう思うと、手にした絵にずしりとした重みを感じた。

「ならば、この一件、涼之進に任せる。その方らも涼之進が働きやすいよう手助けせよ」

「はは」

鬼頭が野太い声で、浜田は無言で両手をついた。

「よし、下がってよい」

みな腰を上げようとしたが、ふと政直は思いついたように、

「涼之進は残れ」

命じられ涼之進は頭を垂れた。鬼頭と浜田はもっともらしく沈痛な面持ちで書院を出た。涼之進も彼らに負けない険しい顔をして見せた。

「涼之進、早々、難しい仕事を申し付けたな」

政直は蒼白《あおじろ》い顔に笑みをこぼした。

「わたくしが望んでお引き受けした役目にございます」

「ふむ、そうであるな。しかし、勝算も立たぬうちに引き受けるとはちと軽率ではないのか」

「お言葉ですが、殿におかれましても難儀にございます。このまま捨ておくわけにはまいりません。誰かがなんとかせねばならぬのです」

「たかが、掛け軸ごときで……」

政直は悔しそうに唇を噛《か》んだ。

「松林さまからつけ入られることのないようにしなければなりません。神君の掛け軸が盗み出されたなどとわかれば松林さまのこと、必ずやご当家の落ち度と、糾弾に及ぶことでしょう」

涼之進は目に力を込めた。

「しからば涼之進、頼んだぞ」

「かしこまってございます。この涼之進にお任せください」

「いかにする」

すぐに妙案が浮かぶはずもなく、

「骨董屋《こっとうや》を徹底的に当たりとうございます」

凡庸な答えしか返せなかった。

「そうよなあ」

政直も思案がつかないのか視線を泳がせた。

「必ずや、見つけ出します」

涼之進は自分を叱咤《しった》するように顔中に決意をみなぎらせ、

——やったるたい。

と、内心で絶叫した。


翌三日の朝、涼之進は掛け軸が盗み出された実態を摑むべく、収蔵されていた土蔵に足を向けた。鬼頭から連絡が入っていて蔵番頭佐々木金之助が待っていた。

さすがに、今日の佐々木は表情が硬い。

涼之進にもゆとりはなく、顔を見るなり土蔵を案内してくれと願い出た。佐々木は強張った顔で南京錠《なんきんじょう》を開け中に足を踏み入れた。涼之進も続く。そこは土蔵というより宝物庫になっていた。中は歴代藩主が収蔵してきた宝の山である。

唐渡りと思《おぼ》しき壺《つぼ》、仏像、水墨画、阿蘭陀《オランダ》渡りと思しきギヤマン細工の工芸品、しばし、時が経《た》つのも忘れてしまうほどに夢見心地で立ち尽くしてしまった。

「あの、なにか」

佐々木が訝《いぶか》しみ涼之進を見た。その目は宝物に見とれている涼之進を嘲《あざけ》っているようだ。いや、佐々木はそう思っていないのかもしれないが、ついそう見えてしまうのは、役目への重圧なのであろうかと思い直し、

「いや、それにしても凄《すご》い宝ですな」

思ったままを口にした。佐々木はうれしそうにうなずいた。武芝家歴代当主の宝物を守っていることに喜びと誇りを抱いているようだ。

「なにせ、藩祖政高さま以来の蓄えでございますよ」

「これほどのお宝があるとは」

心が落ち着くとつい疑念が生じた。歴代当主の宝物が立派なのはわかる。しかし、諫早藩は三万石の小藩。こう言っては不遜《ふそん》だが、分不相応に見えなくもないのだ。すると、佐々木は事もなげに疑念を解いてくれた。

「千玄院さまの御実家よりの贈り物も多うござるのですよ」

千玄院とは先代藩主政継の正室である。今も上屋敷で暮らし、奥向きを取り仕切っている。

「ご実家と申されると？」

「対馬藩《つしま》です」

「そうか、宗家《そう》からの贈り物もたくさんござるのですな」

対馬藩は宗氏が藩主を務めている。幕府と朝鮮との橋渡しを担《にな》っており、朝鮮との交易でかなりの利益を上げていることは公然の秘密であり、幕府も目を瞑《つぶ》っている。そう聞くと納得もできるというものだ。

「盗まれた物は神君の掛け軸だけなのですか」

「おそらくはそう思います」

佐々木の答えは頼りない。

「はっきりしないのですか」

あきれ返る思いを胸にしまった。佐々木はどぎまぎとしながら、

「それが、これだけたくさん宝物がございますので……。昨晩、ご家老より神君の掛け軸を持って来るよう申し付かり紛失したことはわかったのですが……」

昨晩、宝物庫に来ると錠前が外され盗人が入ったことがわかったという。

「では、他にも盗まれたものがあるかもしれませんね」

「そうですね」

「そうですね、ではありませんよ」

涼之進は堪《たま》らず声を荒らげてしまった。佐々木はすみませんと頭を下げ、

「昨晩、急に言われたものですから。いつもは、毎月晦日《みそか》に収蔵物を確認しておりま
す。ですから三日前に確認したばかりなのです。その時は異状はありませんでした」

「では、これから収蔵物を確認してみましょうか。帳面を持って来てください」

「わかりました」

佐々木は足早に出て行った。

五

「ふ～ん」
涼之進はため息を漏らした。佐々木の暢気《のんき》さを政直が知ったらどうするであろう。
政直の性格を思えば激怒するかもしれない。そんな涼之進の心配を他所《よそ》に佐々木は元
気よく戻って来ると分厚い帳面を差し出した。受け取るとぱらぱらと捲《めく》り涼之進は宝
を見回した。
「沢村殿が帳面を読み上げてください。わたしが、その所在を確かめます」

「佐々木殿は現物をご存知なのですから、それがいい」

涼之進は帳面に目を落とした。佐々木はまずは、絵からまいりましょうと絵画が記されている箇所を示した。

「まいりますぞ、雪舟の水墨画」

涼之進が読み上げると佐々木は、

「ここにございます」

と、指で指し示した。

こうして収蔵物を確認していき、一刻《いっとき》ほどをかけて確認し終えた。

「神君の掛け軸だけですね」

「こんなことを申しては非礼ですが、不幸中の幸いです」

佐々木もうなずいた。

「すると、盗人は神君の掛け軸に狙《ねら》いをつけて盗みに入ったということになりますね」

「ここには、いくらでも宝物があるのですがね」

佐々木は首をひねった。

「たしかに、手っ取り早く金になりそうなのが、ここにはいくらもあります。それを、神君の掛け軸に狙いを絞ったということは」

涼之進は口を閉ざした。これは、ひょっとして、松林の仕業なのではないか。松林の手の者が忍び入り、神君の掛け軸を盗み出した。その上で、茶会と称して武芝家藩邸を訪問し、神君の掛け軸を披露するよう求め、そして紛失したことを咎《とが》める。

考え過ぎだろうか。

いや、そうは言えまい。いかにもありそうな絵図だ。となれば、町の骨董屋に出回っていることなどないのかもしれない。

「あの、どうなさいました」

佐々木は覗《のぞ》き込んできた。

「いや、ちょっと、考えごとを」

我に返った。

「ご家老より、沢村殿を助力せよとの命を受けております。わたくしでできることならば、何なりとおっしゃってください」

「では、早速。出入りの骨董屋を紹介ください」

松林の陰謀と決め付けるのは早計だ。骨董屋を当たることも怠ってはならない。

「神田三河町《みかわちょう》の骨董屋永田屋喜兵衛《ながたやきへえ》でございます」

佐々木は永田屋の所在を教えてくれた。

「その者、信用できるのですか。神君の掛け軸が盗まれたなどと噂《うわさ》が広まったら大変です」

「それはもう、代々、そう、五代に渡って当家に出入りしておりますので」

佐々木は胸を張った。今日見た中で最も自信に満ちた表情だった。

「かたじけない」

涼之進は探索に出ようと宝物庫を出た。

「掛け軸が見つからなかったら、わたしはお役御免かもしれません」

佐々木は言葉とは裏腹ののんきな顔つきだ。達観しているのか、案外肝が据わっているのか。涼之進は佐々木金之助という男に益々《ますます》親しみを抱いた。

涼之進は神田三河町の骨董屋永田屋にやって来た。

間口五間の店先には仏像や掛け軸、壺といった骨董品が並べられているが、どれもそれほどに値打ちがあるようには見えない。それはそうであろう。店先になど置いておいたら、どうぞ盗んでくださいと言っているようなものだ。

店先ではたきを掛けている丁稚《でっち》に素性を告げるとすぐに奥に通された。

「永田屋喜兵衛でございます」

挨拶《あいさつ》に出て来た男は三十路《みそじ》半ばの働き盛り、苦みばしった精悍《せいかん》な顔つきをしている。縞柄《しまがら》の小袖《こそで》に黒紋付の羽織を重ね、落ち着いた風情《ふぜい》で涼之進を客間に案内した。骨董屋の客間といっても、値打ちのあるような代物《しろもの》はなかった。ごく平凡な水墨画の掛け軸や瀬戸物の壺が置かれているに過ぎない。

「それがし、沢村涼之進と申す」

涼之進は笑みを送った。

「あなたさまが沢村さまですか」

おやっとした顔をすると、

「江戸詰めになられた早々に二十石から百石へ大そうなご出世をなさったともっぱらのご評判でございますぞ」

「ま、それはともかく、本日まいったのは」

喜兵衛の世辞には乗らず、懐中から浜田に描いてもらった神君の掛け軸の鷹《たか》の絵を取り出した。

「存じておると思うが」

涼之進が差し出すと、

「権現《ごんげん》さまご直筆の掛け軸の絵柄でございますな」

喜兵衛の目は厳しくなった。

「いかにも」

「権現さまの掛け軸がいかがされたのです……」

喜兵衛は眉根《まゆね》を寄せた。

「この値、いかほどか聞きたい」

「いかほどと、申されましても、てまえ如《ごと》き者が到底値がつけられるものではございません」

喜兵衛は視線を泳がせた。

「ざっとでよい、いかほどじゃ」

涼之進が畳み込むと、

「さようにございますな、なにせ、権現さまのご直筆でございます。千両は下るまいと存じます」

「千両か！　太かね」

驚きの声を上げはしたが、考えてみれば千両でも安いという気がした。この掛け軸が武芝家の行方を握るかもしれないのだ。そう思えば、千両は安いであろう。

「いえ、てまえが勝手に申したまでにございます。場合によりましては、たとえば、好事家《こうずか》の方々からすれば、三千両、いえ、場合によりましては一万両の声がかかったとしましても不思議はございませんな」

どんどん値は吊《つ》り上る。それにつれて事の重大さが胸にのしかかってくる。

「それで、本日まいられましたのはこの権現さまの掛け軸に関わることなのでございますか」

喜兵衛は目に好奇の色を浮かべた。

「実はな、くれぐれも内密に願いたいのだが」

涼之進は頬を強張《こわば》らせ念押しをした。

「手前は五代に渡って武芝さまの御用を承っております」

喜兵衛はここで言葉を止めた。その眼差《まなざ》しは、昨日、今日、江戸にやって来た涼之進よりもよほど武芝家のことを熟知しているのだという自信を滲《にじ》ませていた。

「そうであったな。わかった。信じよう。実はな、神君の掛け軸が盗まれたのだ」

さすがに喜兵衛も驚いた。

「さては、また……。一大事にございますな」

声が上ずっている。喉《のど》が渇いたのか茶を口に含んだ。

「一大事だ。おまけに、その掛け軸をご覧になりたいと、御老中の松林備前守《びぜんのかみ》さまが五日後に当家にまいられる」

「それはまた、時期が悪うございますな」

喜兵衛は顔をくもらせた。

「それでだ、神君の掛け軸を探さなければならん。だから、心当たりの骨董屋《こっとうや》を教えて欲しいのだ」

涼之進も茶に口をつけた。

「そのような逸品を扱う骨董屋となりますと」

喜兵衛は思案するように眉間《みけん》に皺《しわ》を刻んだ。

「頼む、御家の存亡が掛かっている」

自分の言葉を大袈裟《おおげさ》とは思わなかった。

「手前も武芝さまにはお世話になっております」

喜兵衛は、「お待ちください」と腰を上げ部屋から出て行った。

少しばかり時が過ぎてから喜兵衛が戻って来て、

「これらですが」

書付を示した。骨董屋が十軒ばかり書き連ねてある。

「すまぬ。これらを当たってみる」

喜兵衛はおずおずと、

「手前どもでも探ってみます。ですが……」

「いかがした。はっきり申してくれ」

「こんなことを申してはなんですが、このような大それた宝物となりますと、取り扱いもそれなりに慎重になります。おそらく、表立って取り扱っておる骨董屋はございますまい」

「闇《やみ》取引ということか」

「密《ひそ》かに高値で取引されると思うのですが」

「それにしても、なんらかの手がかりが得られるかもしれん」

「そうですね、これほどの宝物ですからね」

「この際だ。どんな手掛かりでも欲しい。頼む」

涼之進は小さく頭を下げ腰を上げた。

「沢村さま、出仕早々大変な役目を担われましたな」

喜兵衛は同情とも涼之進の手腕に対する値踏みともつかない顔をした。

「まあ、これも定めというものかもしれん」

涼之進は快活に返した。

六

永田屋を出ると書付を広げた。ため息が漏れる。これだけの骨董屋を洗うとなると大変だ。訪ねることには抵抗はないのだが、聞き込みとなるとからっきし自信がない。やはり、探索に向いた者の手助けが必要だと思ったところで、

「平原殿」

と、南町奉行所平原主水のことを思い浮かべた。

幸い平原は南町奉行所の同心詰所にいた。涼之進が訪ねると喜んで迎えてくれ、昼飯でも食べようと南町奉行所から程近い山下町一丁目の蕎麦屋《そばや》に入った。二人は小上がりになった入れ込みの座敷に座った。

平原が盛り蕎麦を六枚頼んだ。三枚ずつに取り分け、二人は蕎麦を手繰った。すると平原が、

「どうしなすった」

と、箸《はし》を止めた。

「うむ」

涼之進も箸を止めたが、

「食欲がないようですね」

平原に指摘されたように盛り蕎麦一枚も持て余しているありさまだ。

「ああ、これ、よかったら食べてくだされ」

涼之進に言われるまでもなく平原は残り二枚の蕎麦に手を伸ばしていた。

「なんですよ、気持ち悪いなあ。ご出世なすったら、とたんにお上品になったんですか」

平原はからかいの言葉を投げかける。きっと、話しやすいよう仕向けているのだろう。

「そうじゃないが、ちと頼みごとがあるのです。一幅の掛け軸が藩邸から盗まれたのです」

「掛け軸、っていいますと床の間に飾ってある巻物ですね。よくわからないが、そんな物が盗まれたからって、沢村さんが駈《か》けずり廻らなきゃいけませんのですか。大変ですね、殿さまの御用人とは」

「それが、ただの掛け軸ではないのです」

「ってことは？」

「大変に由緒《ゆいしょ》ある掛け軸です。御家の宝なのですよ」

さすがに神君家康直筆の絵が描かれているとは言えなかった。

「ほう、そうなんですか」

涼之進は浜田が描いた絵を取り出し、

「これです」

「鷹の絵ですか。鷹はめでてえね。なにしろ、一富士、二鷹、三茄子《なすび》ってくらいですからね。その富士と鷹が描いてあるんですから、こら、値打ち物でしょうね」

平原は無邪気に感心した。涼之進はそれを幸いに、

「名のある絵師が描いたとあって、藩邸でも大事に収蔵していた掛け軸ですよ」

「なるほどね、それが盗まれたとあっちゃあ、大変だ」

「だから、骨董屋を当たろうと思うのですが……」

永田屋から渡された骨董屋の一覧を差し出した。

「わかりましたよ。任してくださいな。こういうことはね、素人《しろうと》には無理ですよ。おっと、素人なんて言うのは申し訳ないが、江戸にまだ不慣れでしょ。骨董屋を探す

だけで相当に骨ってもんだ。わかりました。任せてくださいな。伊達《だて》に十手《じって》を預かっちゃいませんからね、なら、ちょいと、拝借させていただきますからね」

平原は書付を取り上げた。

「すまん、恩に着きます」

涼之進は安堵《あんど》したとたんに腹が空《す》いた。そう言えば、まだ盛り蕎麦一枚も食べていなかった。


明くる四日の昼下がり、涼之進は再び平原と会った。場所は神田お玉ヶ池の茶店である。

「沢村さんから教わった骨董屋を当たりましたが、最近高価な掛け軸を持ち込まれた骨董屋はないってことですよ」

平原は役に立たなくてすみませんと頭を下げた。

「いや、平原さんのせいじゃない。それに、骨董屋を当たってくだすって、むしろ感謝いたす」

実のところ、永田屋からも芳《かんば》しい話は聞かれなかった。きっと、永田屋が言ったように闇取引をされているのか、やはり松林備前守に奪われてしまったのか。

「そんなに困るんですか」

平原は心配げな顔をした。

涼之進は顔を歪《ゆが》めた。

「どうしましょうね」

「どうしようもありません」

これ以上探しても無駄である。金目当てで盗まれたのなら闇で取引されるだろうし、松林の手に渡ったのなら、骨董屋に当たること自体が無意味なのだ。

「いっそのこと贋物《にせもの》をこしらえたらどうです」

平原は声を潜めた。涼之進は眉根を寄せた。神君家康直筆の掛け軸を偽造か。大それたことだ。平原は神君家康直筆の掛け軸と知らないからそんな提案をしたのだろうが。もし、それが露見したら大問題となろう。しかし、他に妙案が浮かばないことも現実だ。何せもう日がない。松林の訪問は四日後の八日なのだ。

涼之進の迷いを察したように、

「贋物を仕立てる名人がいるんですがね」

「名人……」

涼之進は目をしばたたいた。

「そうですよ、なにを隠そうお大名がらみの仕事もいくらかやっているって話ですよ。お大名の屋敷ってのは、案外と盗人が入るんです」

「そうなのですか」

「思いの外、警護が緩いからですよ。なにせ、御公儀の目がありますからね、あんまりにも警護を厳重にしますと、謀反《むほん》を企《たくら》んでいる、なんて勘繰られたりしますから」

「なるほど、そういうことですか」

「それで、盗人は案外と忍び込みやすいんですよ。それに、盗みに入られたなんてこと、お大名が表沙汰にはしませんしね。そんなことをしたら、お大名の体面に関わることですから。盗まれても黙っている。ところが、お大名にしてみたら金は諦《あきら》めるとしても盗まれて困る品物もある。先祖代々受けつがれた掛け軸とか刀とか鎧《よろい》とか」

平原はおかしそうに笑ってから己の不謹慎を反省したのか、ぺろっと舌を出した。

「つまり、盗まれた物を取り繕うために、贋物で間に合わせるということですね」

「いかにも、そういうことです」

「それは、いけるかもしれんな」

涼之進の胸が疼《うず》いた。

「ね、いいでしょ」

平原はにんまりとした。

「だが、値が張るでしょうね」

「さあて、値のことはわたしにはさっぱりわかりません。言い値でしょうね」

「足元を見られますかね」

「それは覚悟しといた方がいいでしょうね。ま、本物までの値がつくことはないでしょうが、その半分、いや、そこまでいかないか。十分の一、いや、わからんな」

平原はうなった。

一万両として、十分の一でも千両だ。だが、武芝家の存亡がかかっているのだ。

「なら、行きますかい」

平原は親切心からだろうがすぐに向かおうとした。いくらなんでも、神君直筆の掛け軸を偽造するとあっては独断というわけにはいかない。その旨《むね》、平原に伝えると、

「宮仕えは融通がきかないものですな」

平原は肩をそびやかすと茶を啜《すす》った。

七

涼之進は上屋敷に戻り政直に面談を求めると、書院に浜田と鬼頭も一緒に呼ばれた。

涼之進は骨董屋探索のことを報告した。

「これは、松林さまの差し金と考えるべきでしょう」

鬼頭が断定した。

「松林め、昨日お城で、茶会楽しみにしています、神君の掛け軸、是非とも拝見したい、初めて見るので楽しみだ、などと申しおったわ」

政直は苦々しげに舌打ちをした。

「御老中ともあろうお方が、卑劣なことをなさる。しかし、それを咎《とが》め立てる証《あかし》はなし」

浜田は苦渋に満ちた顔をした。重苦しい空気が漂った。

「そこで、でございます」

涼之進は心持ち身を乗り出した。政直は期待の籠《こも》った目をした。その目が掛け軸を偽造すると聞いて尖《とが》るのではないかと危ぶんだが、今はそんなことは言っていられない。

「掛け軸を偽造しようと思っております」

一瞬、息を呑《の》んだあと、

「そんな、大それたことを」

鬼頭はかぶりを振った。浜田はうつむいている。そっと政直を窺《うかが》う。政直は目を瞑《つぶ》り思案すると、

「それしかないか」

鬼頭は顔をしかめる。政直は鬼頭を横目にしながら、

「他に妙案はないのだ。それで凌《しの》ぐ他あるまい。それともその方に妙案があると申すか」

「いえ、それは」

鬼頭は渋い顔をするばかりだ。

「涼之進、取り急ぎ手配り致せ」

「承知つかまつりました」

すると、浜田が心配そうな顔で、

「いかほど用意すればよい」

「見当もつきませんが、千両箱一つくらいはお心積もりくだされ」

涼之進は明朗に告げると部屋を出た。鬼頭と浜田は顔を見合わせため息を漏らした。


明くる五日の朝、平原の案内で神田鍛冶町に住む偽造屋周吉を訪ねた。周吉は鍛冶町の横丁を入った、しもた屋に住んでいた。

平原が格子戸《こうしど》を叩《たた》き、

「とっつあん、いるかい」

しばらくして、

「ああ、入りな」

しわがれた声がした。平原は格子戸を開けた。土間を隔てて六畳と四畳半の座敷の襖《ふすま》が取り払われ、一つの部屋になっていた。部屋には絵や彫刻の道具が転がり、所狭しと骨董品が並べられている。周吉はべっ甲の眼鏡をかけ、骨董の中に埋もれるように座っていた。小柄な老人である。髪は白く、無精髭《ぶしょうひげ》も真っ白だ。眼鏡越しに小さな干し葡萄《ぶどう》のような目をしょぼつかせていた。

「とっつあん、仕事だ」

平原は周吉の了解を得ることもなく、部屋に上がった。涼之進も足を取られないように見回しながら雑然とした座敷に腰を下ろした。

「とっつあん」

平原は再び呼んだ。周吉は聞こえているのかいないのかぼうっとしたままである。平原は涼之進を振り向き、

「ちょっと、耳が遠いんですよ」

と、言ったとたんに、

「なんだ、なんの用だ」

周吉は口をぱくぱくと動かした。平原は苦笑交じりに、

「仕事の依頼だよ。裏技のな。こちら諫早武芝家の沢村さまだ」

すると、周吉の小さな目が光を帯び舌なめずりせんばかりの顔になった。平原は涼之進を目で促した。

「これだ、これを造作してもらいたい」

涼之進は神君の鷹《たか》の絵柄を見せた。周吉はニヤリとし、

「権現《ごんげん》さまの鷹かい」

ずきりとした。

「ご老人、知っているのか」

涼之進も驚いたが平原も、

「権現さまって、あの権現さまですかい」

わけのわからないことを口走った。

「そうでしょう。お侍、武芝さまの御家中の方だって聞きましたんでね。武芝家と言やあ、権現さまの鷹だ」

周吉は妙な唸《うな》り声を上げた。それが唸り声ではなく、笑い声だとすぐに気づいた。前歯が抜けているため、すうすうと笑いが抜けているのだ。笑い声といいその表情といい、おかしくてしょうがなかったが、その洞察力には感心せざるを得ない。職人としての確かな腕、技量を感じさせる。

「ご老人には」

とたんに、

「お侍、いや、沢村さま、老人はやめてくれ。周吉って名前があるんだ。周吉って呼んでもらいたいね」

周吉は前歯のない口を開けた。

「それはすまんかったと」

涼之進の胸を心地よい風が吹き抜けた。わずか数十日の御殿務めながら、胸苦しい澱《おり》のような物が溜《たま》っていたのだ。

「謝ってもらわなくたっていいさ」

周吉はうれしそうな顔を平原に向け、茶を淹《い》れてくれと頼んだ。平原は気軽に応じた。

「周吉、権現さまの鷹の掛け軸、おまえの裏技で再現して欲しいのだ。わけは聞かないでもらいたい」

「わかってるさ。そんな野暮なことは聞きっこなしだ。こちとら、そんな仕事ばっかり請け負っているんでね。口が堅いことが自慢さあね。権現さまの鷹を造作できるとは裏技冥利《みょうり》に尽きるってもんですよ」

周吉はうれしそうに肩を揺すった。

「いやあ、助かった」

涼之進が破顔したところで、

「それにしても驚いたな。権現さま所縁《ゆかり》のお宝とは」

平原は盆に茶碗《ちゃわん》を持って来た。茶ではない。酒だ。周吉は一息に飲み干し目を細めた。その目は歯が抜けて間の抜けた口とは正反対の鋭さを帯びていた。

「三日でやってもらいたいのだ。八日の朝に取りに来る」

涼之進はさすがに酒に手をつけない。すると、周吉が涼之進の茶碗にまで手を伸ばしてきて、

「三日か」

と、思案するように一人ごちた。

「なんとか頼む」

涼之進は軽く頭を下げた。周吉は酒をあおり、

「わかりやした。八日の朝、取りに来てくださいな」

「いやあ、良かったですね」

平原の安堵の表情はこの男の人の良さを物語っているようでうれしくなった。もはや、一件落着したとでも思っているようだ。対照的に涼之進は厳しい顔のままである。肝心の値決めがまだなのだ。値が決まらないことには安心できない。

「値決めをしたいのだが……」

心配が心に渦巻いているため声がすぼむ。

「そうさなあ」

周吉は腕組みをした。思わず、袴《はかま》を握り締める。平原がそれを見かねたように格安で請け負ってくれと言い添えてくれた。その口添えが功を奏したのか、

「五十両」

周吉の口からは思いの外安い値が飛び出した。

「わかった。五十両たいね」

涼之進の顔から笑みがこぼれた。

「ああ、それでいいよ。それと、うまい酒でもつけてくれればな」

周吉はにんまりとした。

「すまねえな」

平原も礼を言った。

「ならば、八日の朝、取りに来るたい」

舌も滑らかになった。これで、大手を振って上屋敷に戻れるというものだ。

「とっつあん、恩に着るぜ」

平原も立った。だが、周吉は返事をしなかった。じっと天井を見上げ、視線を凝らしている。きっと仕事の段取りを考えているのであろう。その姿に職人魂を感じ涼之進は満足した。

「平原さん、恩に着ます」

「そんな水臭いこと言わないでくださいよ、涼さんとおれの……。あ、いや、これからは、涼さんと呼ばせてもらいますよ」

平原は八丁堀《はっちょうぼり》同心としての顔を生かせたと自負しているのか得意げな顔だった。決して不快ではなく、大いなる感謝と頼もしさ、好感で涼之進の胸は一杯になった。

涼之進は周吉の家を出ると、上屋敷に戻り、浜田に面談した。

「贋作《がんさく》の段取り、整いました」

涼之進は周吉訪問の報告をした。周吉の名前と所在は伏せておいた。浜田は神妙な顔で聞いた後、

「して、値は？」

と、探りを入れるような目をした。

「いやあ、それがですね」

浜田を脅かしてやろうという悪戯《いたずら》心が浮かんだ。果たして、浜田の顔はくもった。

「法外な値か」

涼之進は勿体《もったい》をつけるように腕組みをした。

「千両か、二千両か、それとも……」

浜田が言葉を詰まらせたところで、涼之進は片手を広げ思わせぶりな顔で浜田の眼

前に突き出した。浜田は息を飲み、

「ま、まさか、五千両か」

だが、元来が細い目である。せいぜいが、普通の人間の目の大きさにしか見えない。

涼之進は込みあげる笑いを飲み込み、

「五十両でございます」

「…………」

浜田は目を点にしていたがふっと肩の力を抜き、

「そうか、五十両か」

と、安堵《あんど》のため息を漏らした。

「そうです。五十両です。三日後の朝、五十両と引き換えに贋物《にせもの》を受け取ることになりました」

「わかった。なんとかする。ふむ、それくらいなら、なんとでもできる。いやあ、案外と出費を抑えられてよかった」

浜田は威厳を保つように重々しい声を出した。

「よかったかどうかは、松林さまの訪問がすんでみないことには」

涼之進は釘《くぎ》を刺した。浜田は若造に言われなくてもわかっていると言いたげに顔をしかめた。

「では、殿と鬼頭さまには浜田さまよりご報告くだされ」

「殿はそなたを信頼しておられる」

浜田の物言いにはやっかみが感じ取れた。

「殿のご期待に応《こた》えられるよう努めます」

「殿はお若い」

浜田の物言いは思わせぶりである。

「なにをおっしゃりたいのですか」

「そなたとて、ひとたびでも信頼を失えばそれまでということだ」

「わかっております」

涼之進は浜田を見据えた。浜田は何も返さなかった。

「では、失礼致します」

涼之進は静かに部屋を出た。

八

翌六日の朝、涼之進は政直に呼ばれた。庭に設けられた入母屋《いりもや》造りの茶室である。八畳の茶室に十畳の座敷が隣接していた。にじり口から身を入れると茶釜《ちゃがま》がぐつぐつと煮えたぎり、部屋は程よく温まっている。政直は茶釜の前で正座し、落ち着いた所作で茶を点《た》てた。その身のこなしはさすがに血筋の良さを思わせる典雅さだ。流れるような所作で茶が置かれ、

「頂戴《ちょうだい》致します」

涼之進は茶碗を手に取った。実家から持参してきたという白天目の茶碗である。涼之進も茶の作法は書物で一通りは知っている。しかし、実際に茶席に出るのは初めてだ。飲み干す手つきはぎこちない。それでも、まろやかな味わいが口中に広がり心が和んだ。

「結構なお手前にございました」

自然と口から定番の言葉が出た。

政直は別段関心も示さずうなずいた。

「ところで、今回の企て、松林の仕業と思うか」

茶室は瞬時にして生臭い空気に包まれた。

「間違いないかと」

「ならば、狙《ねら》いは当家の改易であろうの。しかし、掛け軸ごとき、いや、いくら神君家康公御直筆の掛け軸とて、それを紛失したことくらいで、大名家を改易になどできはしまい。それに、そんな強引な手立てをして武芝家を改易する理由がわからん」

政直は憤然としている。この態度を見る限り、武芝家を心底案じているようだ。家中の一部で噂《うわさ》される武芝家御家騒動を狙っているなどとは到底思えない。そうした目で見ることそのものが不遜《ふそん》に感じてしまった。

「改易まではできずとも、減封の上転封にならできましょう」

涼之進は静かに言った。

「転封か、いずこへであろうな」

「さて、そこまでは判断できません」

「いずれにしても、当家にとって無理難題をふっかける口実にせんとする腹であろうが」

政直は自分に茶を点てた。

「贋作がうまくいけば、松林さまがどのような企てを考えておいでであろうと気にする必要はございません」

涼之進は声を励ました。

政直は茶を飲み干した。が、まるで苦い味わいのように口を歪《ゆが》めた。

「殿には、ご心配にございますか」

「少々な」

政直は眉間《みけん》に皺《しわ》を刻んだ。神経質そうな表情が際立《きわだ》った。

「偽造がうまくゆくことはないとお考えですか」

「それは、なんとも申せん。実物も偽造品も見たことがないのだからな」

政直は薄笑いを浮かべた。

「それはわたくしとて同じことでございます」

「ならば、うまくいく保証もなし。第一、松林の手の者が盗み出したとするならば、贋物と見破ることはたやすいことじゃ」

政直は珍しく弱気になっている。その気弱さが、心底武芝家を必死で守ろうとしているようにも見える。

「松林さまも見たことがないのでございましょう」

「そのように申しておった。見たこともないので一度でいいから見たいものだとな」

「で、あれば、大丈夫なのではございませんか」

「だが、松林が盗み出したとなれば、そうはいくまい」

「いえ、案外とそこがつけ目になるかもしれません」

涼之進は顔中を笑みにした。

「おまえ、何か企《たくら》んでおるのか。だがな、松林備前守《びぜんのかみ》信方と申す男、中々老獪《ろうかい》と評判の男じゃ。それゆえ、御老中首座水野出羽守殿と互角に渡り合っておる」

「何か裏があるとお考えなのですね」

涼之進も声を潜めた。

「うむ、どうも、そんな気がしてならん」

政直は不安そうに茶釜に目をやった。ぐつぐついう茶釜が政直の苛立《いらだ》ちを表しているようだ。

「それほどまでにご心配なら、偽造の他に何か手立てを施す必要がございますな」

「そなた何か考えておるのであろう。よい手立て、考えたのではないのか」

政直は期待の籠《こも》った目を向けてきた。だが、涼之進とて偽造の他に手立てはなし。周吉という男を知り、偽造がうまくいきそうだということで安心していた。答えられないでいると、

「なんじゃ、期待を抱かせおって」

政直は舌打ちをした。

まずい。

このままでは政直は不安を募らせるだけである。

「今はないのですが、茶会の時までには」

「ならば、茶会の時には用意が整っているのじゃな」

「御意にございます」

「おまえに任せたのじゃ」

政直の顔に笑みが戻った。

「この涼之進にお任せください」

涼之進は春風のような爽《さわ》やかな顔をした。


八日の朝、涼之進は浜田と一緒に周吉を訪ねた。

浜田は得体の知れない偽造屋の家を訪ねることに躊躇《ためら》いの姿勢を示したが、周吉の贋作の出来《でき》栄《ば》えを確認する必要があるため、引っ張って来た。なにせ、涼之進は神君の掛け軸の実物を知らないのだから浜田が確かめるしかないのだ。

「ここでござる」

涼之進は気にする素振りも見せず、周吉の家の前に立った。

「ごめん、開けるぞ」

涼之進は元気良く言うと戸を開けた。周吉は乱雑に散らかった部屋の真ん中で石像のように座っていた。

「できたか」

涼之進の問いかけに周吉は答えず、代わりに顎《あご》をしゃくった。しゃくった先に目をやると、床の間に一幅の掛け軸が掛かっている。富士と鷹《たか》の絵が描かれていた。これが神君の掛け軸かと、歩み寄ろうとした。すると、

「おお、これぞ、まさに」

浜田は驚きと喜びが入り混じった声を発して部屋に上がりこみ、涼之進の脇《わき》をすり抜けて掛け軸の前に立った。

「ふむ、これぞまさしく、神君の掛け軸じゃ」

その言動を見れば周吉の贋作が成功したことは疑いない。

「周吉、よくやった」

涼之進が声をかけると、

「ふふ」

周吉はわずかに口元を緩めただけで得意がるふうでもない。浜田は感に堪えたよう

に掛け軸を眺めている。

「では な、これ、約束の五十両だ」

涼之進は袱紗《ふくさ》に包まれた五十両の小判と伏見の清酒の角樽《つのだる》を周吉の前に置いた。周吉は煙草盆《たばこぼん》を引き寄せた。

「ならば、わしはこれを持って上屋敷に戻るぞ」

浜田はまるで本物に対するような丁寧さで掛け軸を風呂敷《ふろしき》に包んだ。

「落とさないでくださいよ」

涼之進のからかいを、

「ああ、抜かりはない」

浜田はまじめに受け取って表に出た。

「いやあ、見事な腕だな」

涼之進は周吉の前に座った。

「久しぶりにやり甲斐《がい》のある仕事でしたよ」

周吉は眼鏡を取って目頭を右手で揉《も》んだ。

「それにしても見事な出来だ。いやあ、助かった」

涼之進は何度も礼を述べると、清酒を一杯、酌をしてやってから周吉の家を後にした。長屋の木戸を出たところで、どこかで見た女がいる。紫地に花柄をあしらった着物に太棹《ふとざお》の三味線を手にしていた。

女の方も親しみの籠った目を向けてきたが名前が出てこない。すると、女は気づかってくれるように、

「先日、佐賀万のお座敷で一緒に夜桜を眺めましたよ」

思わず両手を打った。

「そうだった。寄り合いの席だ。名はたしか……」

「お忘れですか、沢村さま」

女はすねたように、「千代乃ですよ」としなを作った。

「そうだった。そうだった。なんだ、この近くに住んでいるのか」

「これから、三味線の稽古《けいこ》なのです。また、お座敷に呼んでくださいね」

千代乃は妖艶《ようえん》な笑みを投げかけ足早に去って行った。それを名残り惜しく目で追っていると、平原に声をかけられた。

「涼さん」

はっとしながらも、

「お陰でうまくいきましたよ」

「そうですかい、それは、よかった」

平原は素直に喜んでくれた。

ふと、江戸の市井《しせい》に暮らすことを羨《うらや》ましく思った。

九

八日の昼下がり、松林備前守がやって来た。

涼之進は松林を迎えるべくあれこれと指示をした。何度も茶室と控えの間を眺め、これで良し、と確認したのは昼時を過ぎていた。そう言えば、朝から何も食べていない。

腹が減っては戦《いくさ》ができないとばかりに炊事場に足を向けた。中に入ろうとすると女中たちの声がする。聞くともなしに自然と耳に入ってきたのは、涼之進の噂話《うわさ》だ。どれもよく言うものはない。いわく、生意気、殿へのゴマすり、お調子者。予想以上に新参者に対する評価は厳しい。

「さんざんだな」

涼之進は我ながら情けなくなった。中に入ることが躊躇われたが、心持ち大きな足音を立て炊事場に足を踏み入れた。とたんに話し声が止《や》み、水を打ったような静けさとなった。

「腹が減った。なにか、食べさせてはくれぬか」

女中はみなうつむいて返事を返さない。

「これでいいや」

お櫃《ひつ》に残った飯を丼《どんぶり》によそい、鍋《なべ》に残った味噌汁《みそしる》をかけると立ったまかきこんだ。そんな様子を呆《あき》れたように女中たちは横目に見ていた。飯を三杯平らげると腹を叩《たた》き大股《おおまた》で炊事場から出た。

松林備前守の一行がやって来た。

ひょっとして、仙石誠之助がいるかと思ったが誠之助の姿はなかった。

一行はまず、庭を散策した。松林は終始にこやかに過ごした。それからおもむろに松林は茶室に足を向けた。茶室には政直と鬼頭、それに涼之進が同席した。松林は一人の初老の男を伴っていた。

森相恩《もりそうおん》という博識で知られる儒学者だ。

茶室に入る前に控えの間で松林と森を迎えた。

「伊賀殿、本日はお招きいただき恐縮にござる」

松林は五十路《いそじ》に入ったばかりの艶《つや》めいた顔の男だった。黒縮緬《ちりめん》の羽織に仙台平の袴《はかま》に身を包んでいる。森の方は枯れ木のように痩《や》せ細っていた。地味な茶の小袖《こそで》に同色の袖なし羽織を身に着け、白髪交じりの髪を総髪に結っている。

「なんの、大したお持て成しもできず、恥じ入るばかりです」

政直は笑顔を浮かべた。松林は涼之進に視線を向けてきた。政直がきづき、

「沢村涼之進です。留守居役を任せております」

「沢村涼之進にございます。以後、昵懇《じっこん》にお願い申し上げます」

涼之進は両手をつき、深々と頭を下げた。

「ふむ」

松林は顎を引いた。

森の目に涼之進に対する好奇の色が宿った。

「では、茶室へ」

政直は腰を上げた。

「楽しみですな、神君家康公の掛け軸が拝見できるとは」

松林が目を細めたところで、

「時に、森先生は神君の掛け軸をご覧になったことはございますか」

涼之進は森を見た。

「いいえ、わたしも見たことはござらん。さぞや素晴らしい物でしょうな」

「そうですか、森先生も初めてご覧になるのですね」

涼之進は念押しした。

「ですから楽しみにしてまいりました」

森は穏やかな笑みをたたえた。

「まこと、楽しみですな」

松林も上機嫌である。

涼之進は立ち上がり松林と森を茶室へと導いた。茶釜《ちゃがま》がぐつぐつと茹《ゆだ》っていた。障子が開け放たれ桜の花びらが舞い落ちてくる。茶室に入ったところで、

「おお、これは見事な」

松林が声を放った。床の間の掛け軸をしげしげと眺めている。周吉が作製した贋作《がんさく》である。

「これは、素晴らしい」

松林は感嘆の声を放つと、森も感心したようにうなずいた。

「いやあ、伊賀殿、噂にたがわぬ素晴らしい掛け軸にございますな」

松林は大袈裟《おおげさ》にも見えるほどの興奮ぶりである。政直は微笑を浮かべたまま茶釜の前に座っていた。涼之進は松林と森の側に控えてじっとしていた。

「まこと、まこと」

森も頰を崩している。

「よい物を見させてもらった」

松林が言ったところで、

「おや」

と、森が首をひねった。

「どうした」

松林も怪訝《けげん》な表情を浮かべる。

「いえ、それが……」

森は眉根《まゆね》を寄せた。

「どうしたのだ」

松林は声を高めた。森は口の中でぼそぼそと呟《つぶや》いていたが、

「いささか、おかしなことが」

と、松林を見上げた。松林は小首を傾《かし》げる。すると、

「少々、これへ」

と、掛け軸の側に寄り、視線を凝らした。そして、

「贋物《にせもの》」

と、ぽつりと漏らした。松林が、

「なんじゃと」

目を剝《む》いた。

「贋作です。これは、真っ赤な贋物に相違ございません」

森は今度はきっぱりとした声で断定した。

「伊賀殿」

松林は政直に暗い目を向けた。

「いかがされましたか」

政直がゆっくりとした足取りでやって来た。

「これは、いかなることじゃ」

松林は厳しい声を放った。

「神君の掛け軸がいかがされたのですか」

政直は落ち着いたものである。

「これ、贋物にござります」

森が冷然と指差した。

政直は鼻で笑った。

松林は気色ばんだ。しかし、政直は落ち着いたものである。

「言いがかりとしか思えません」

「なにが言いがかりじゃ」

松林は森に視線を送った。

「この神君の掛け軸、真っ赤な贋物」

森は眉間《みけん》に皺《しわ》を刻み視線を凝らした。

「ですから、なにを以《もっ》て贋物と申されるのか」

政直は声を荒らげることも面差しを険しくすることもなく、淡々としたものである。

森が掛け軸を手に、

「家康公の花押《かおう》です」

政直はわずかに顔をしかめた。

「この掛け軸を家康公が描かれたのは大御所として駿府《すんぷ》にご隠居なさってからでござ

ります。すなわち、晩年のことにございます。にもかかわらず、この花押は若かりし頃、浜松のご城主として信長公と共に天下を斬《き》り従えておられた頃のものでございます」

森は静かに言った。有無を言わせない明晰《めいせき》さだ。

「贋物であること明白であろう」

松林が太い声を出した。

「はて、それは面妖《めんよう》な」

政直は小首を傾げた。その、人を小馬鹿《こばか》にしたかのような所作に怒りが滾《たぎ》ったのか
松林は言葉を荒らげながら、

「とぼけるな。武芝伊賀守《いがのかみ》、畏《おそ》れ多くも神君家康公より下賜《かし》された掛け軸を贋作するとはいかなることか。許されると思ってか」

「はて、そう申されましても」

政直は首をひねるばかりだ。

「どこまでもとぼけるか、不遜《ふそん》な態度よ。そのような者と同席はできん」

松林は腰を浮かした。

「まだ、茶を差し上げておりませぬが」

政直は平然と言った。

「たわけたことを、不忠者の淹《い》れた茶など飲めるはずはない」

松林の顔は茶釜のように茹った。次いで、森を促した。

「お待ちください」

涼之進は行く手を塞《ふさ》いだ。松林は一瞬はっとしたが、

「どかぬか、無礼者！」

と、怒声を放った。

ここで引いてはならない。さすがに老中の迫力に気圧《けお》されそうになるのを歯を食い縛って耐える。己を叱咤《しった》しつつ、

「一つだけお聞かせいただきたきことがございます」

「話したくもないが、よかろう、答えてつかわす」

松林が了承したものだから森も腰を落ち着けた。

「松林さまも森先生も神君の掛け軸は今日が初見でございますね」

「そう申したであろう」

松林は不快そうに横を向いた。

「ならば、これがどうして神君の掛け軸とわかったのでございます」

涼之進はすっとぼけた顔をした。

「それは」

松林は言葉を止めた。すぐに、森が、

「神君の掛け軸の図柄は存じておった」

「そら、へんたい。いや、すみません。おかしいと存じます。先ほどは初めてなのでどのような掛け軸なのか楽しみにしていると、おっしゃったではありませんか」

「鷹《たか》と富士が描かれていることは存じておる」

森が言うと涼之進は笑い出した。

「き、きさま」

松林が目を剝き、森は言葉を飲んだ。涼之進はひとしきり笑い終えると、

「これは、したり。鷹と富士だけで、これを神君の掛け軸と判断なさるとは」

小首を傾げて、控えの間と茶室をぐるりと指差した。

「おお」

松林の口から驚きの声が漏れた。

「これは、なんと」

森も唸《うな》った。掛け軸がいくつもぶら下がっている。みな、図柄こそ異なっているが

鷹と富士を描いたものである。

「ここには、これを入れて五つの掛け軸がございます。みな、鷹と富士が描いてあるのです。それにも拘《かかわ》らず、松林さまも森さまも他には目もくれず、この掛け軸に目を向けられ、神君の掛け軸と見極められ贋物だと騒がれる。おかしな話ですな」

涼之進が言うと、

「いや、それは」

松林は口ごもった。森は顔をしかめている。そこへ、鬼頭が一幅の掛け軸を持って来た。政直が、

「これで、ござるよ」

掛け軸は松林たちが見た物とそっくり、異なるのは家康の花押だった。

「いえ、何せ、かけがえのない宝物ですからな、こうして、模写を一幅用意しております。昨今は何かと物騒な世の中ですので。大名屋敷専門に狙《ねら》いをつける盗人もおるとか。用心のためお二方が見破られた模写を用意しておったのです」

政直はおかしそうに笑った。

実は、涼之進は贋作を二つ周吉に用意させた。一つはわざと花押を間違えさせた。松林を引っかけるためである。あとの四つは浜田がわざと図柄を変えて描いたのだっ

た。

「そうで、ござったか」

松林は顔を赤らめうつむいた。

「では、松林様、わたくしの問いにお答えください。何故《なにゆえ》、これを神君の掛け軸と思われたのですか」

涼之進が突っ込むと、

「いや、それは」

松林は脂汗《あぶらあせ》を滲《にじ》ませた。すると、

「ま、茶など飲みながら」

政直に言われ、しゅんとした顔で松林と森は茶席に赴いた。二人は茶を喫すると、話もそこそこに藩邸を去って行った。政直の言った言葉、

「愉快だったぞ、涼之進」

が、胸にじんわりとした喜びとなって広がった。

十

その翌九日、宝物庫の中に本物の掛け軸が戻されていた。蔵番頭佐々木金之助は、

「いやあ、今度は盗人め掛け軸を持ち込んで来ましたよ」

と、おかしそうに笑った。盗人が松林の手先であることは見え見えなのだが、涼之進も佐々木もさらには政直も敢《あ》えて問題にしようとは思わなかった。松林からは茶を喫した礼として丁重な礼状と金子百四十両が届けられた。鬼頭や浜田は百四十両の内、七十両を返すべきと主張したが、

「百四十両いただいておけばよろしいのではないですか。神君の掛け軸の賃貸料ですよ。七日で百四十両、一日二十両です。安いものです」

という涼之進の意見を政直は受け入れた。

こうして、留守居役補佐就任早々に起きた危機は去った。ほっと安堵《あんど》した。国許《くにもと》にいては味わうことがない緊張感を強いられたが、責任ある仕事を成し遂げたという大きな満足に浸ることができた。

やはり、江戸に出て来てよかった。

非番となり、長屋で国許の家族に近況をしたためていると、

「沢村殿、お邪魔致す」

佐々木が飄々《ひょうひょう》とした所作で入って来た。手に五合徳利と重箱を持っている。文机《ふづくえ》か

ら立ち上がり六畳間の真ん中に座った。

「一緒にやりましょう」

佐々木は重箱を開けた。香ばしい醤油《しょうゆ》の香りを漂わせた煮しめに桜鯛《さくらだい》の焼き物が現れた。そういえば、このところ役目にかかり切りとなって佐々木の料理を味わっていない。腹がぐうっと鳴った。思わず指で蓮根《れんこん》を摘《つま》んで口に入れた。

「うまい」

涼之進の言葉に佐々木はうれしそうに目尻《めじり》を下げた。

「沢村殿のご活躍で御家は安泰、わたしの首も繋《つな》がりました。本当に感謝申し上げます」

「そんな堅いことを申されるな。おいはお役目を果たしただけたい」

謙遜《けんそん》しながらもつい得意そうな顔をしてしまった。佐々木は大きくうなずくと、

「いやあ、やるもんですね。肝の据わったご仁とは思っていましたが」

と、背筋を伸ばし丁寧な所作で頭を下げた。涼之進も、「こちらこそ」と挨拶《あいさつ》を返してから、

「敷居の高い料理屋の料理より佐々木殿の料理の方がうまい」

「世辞もうまくなられたもんです」

「世辞でんなか」

国訛《なま》りが涼之進の本音を表している。

「これからも、持って来ますよ」

「お願い申す」

言いながら台所から茶碗《ちゃわん》を持って来た。臼窓《いわくまど》越しに桜が見える。満開は過ぎているが、散り行く優美な姿を留めていた。

「佐々木殿も非番でござろう」

佐々木は涼之進の差し出した茶碗を満面の笑みで受け取った。

「遅まきながら花見をしましょう」

「いいですな」

佐々木は五合徳利を持ち上げた。

この、頼りなげだが誠実さが滲み出ている男と懇意になれ、心強い思いに満たされた。

「ところで、佐々木殿は歳《とし》は？」

「わたしは二十六です」

見かけよりもよほど若い。三十路《みそじ》過ぎだとばかり思っていたのだ。佐々木はそんな

涼之進の心中を察したのか、

「老《ふ》けて見られるんですよ」

　照れ笑いを浮かべ涼之進の歳も聞いてきた。

「二十八です」

「そうですか、沢村殿は逆にお若く見られるでしょう。では、これからは沢村殿を兄と思ってお付き合いさせてください」

　佐々木は居ずまいを正し、こくりと頭を下げた。

「しかし、江戸の屋敷ではわたしは新参者ですよ」

「ですが、わたしの恩人です。沢村殿のご活躍がなかったらわたしはお役御免でした」

　佐々木は涼之進の手を握り締めた。その目は潤《うる》んでいた。この男、泣き上戸かと思っていると充血した両目を見開き、

「どうかよろしくお願いします」

「こちらこそよろしくお願いします」

　涼之進が返したところで佐々木は改まった顔で、

「そのような言葉遣いはやめてください。歳若の男ですよ」

「しかし、それは」

「それに、わたしは三十石の平士、禄高《ろくだか》でも沢村殿の三分の一以下です」

「ですが……」

「お願いします。どうか、弟、いえ、弟が嫌なら部下と思って口をきいてください」

佐々木の熱意にほだされるように、

「ならば、歳が上という立場でつき合うとするか」

「そうこなくては」

「よし、金之助、もっと飲め」

二人は茶碗を頭上に捧《ささ》げた。臼窓から桜の花びらが舞い落ち、涼之進の茶碗に浮かんだ。新たな門出を祝されたようで晴れがましい気分に浸る。

十一

三日後、弥生《やよい》十二日の夕暮れ、涼之進は樋川道場で仙石誠之助と対峙《たいじ》していた。

道場には二人の他は誰もいない。師の源信に頼み、稽古《けいこ》が終わってから使わせてもらっている。誠之助には是非竹刀《しない》を交えたいと書状を出した。果たして誠之助がやって来るか気を揉《も》んだが、今こうして手合わせをしようとしている。

武者窓からは心地良い風が吹き込み、夕陽が格子《こうし》の影を板敷きに刻んでいた。

「いざ」

涼之進は気合いを入れ、大上段から竹刀を振り下ろした。誠之助はそれを受ける。

「面！」

涼之進の声と同時に竹刀がぶつかり合う音がした。次いで、誠之助は面打ちを繰り返す。涼之進はそれを受けながらも誠之助の勢いに押され、後ずさりして行き、ついには板壁を背に追い詰められた。

面越しに見えるその表情にはゆとりがあり、涼之進の力を試しているかのようだ。

ふっと、誠之助から身体《からだ》を離し、竹刀を置いた。

「今回の企て、仙石殿は関わっておられたのか」

誠之助は面を脱いだ。額には薄《うっす》らと汗が滲んでいるものの、爽《さわ》やかな面差しは相変わらずである。涼之進も面を取る。涼之進の顔は暑苦しいまでに汗まみれだ。滴《したた》る汗を胴着の袖《そで》で拭《ぬぐ》う。

「それが聞きたくて呼んだのか」

「実を申せば、その通りだ。不快なら、お答えくださらずともよい」

「いや、不快ではない。はっきり申す。神君の掛け軸の企て、わたしは反対だった。あのような姑息《こそく》な企て、いかにも学者が考えそうなことだ」

「森とか申す御用学者の企てであったのか」

「森先生もこれで殿の信頼は失墜だ」

誠之助は無表情だ。森の失脚を喜んでいるのか残念がっているのか、心の内は読めない。

「松林さまは、当家を改易に追い込みたいのか」

「殿のお心の内はわたしにはわからん。が、思うに、改易までは考えておられんだろう。転封に仕向けたいのだろうな。諫早の地は長崎に近い。日本の近海に異国の船が頻繁に出没するようになった。海防上、長崎は御公儀にとって、益々《ますます》、重要となる。長崎周辺を天領にすることをお考えになっても不思議はない」

「非がなくとも当家を追い詰めるのか」

「さて」

誠之助はいなすように竹刀に視線を落とした。

「貴殿は松林さまの尖兵《せんぺい》となって、当家を追い込むつもりか」

涼之進は竹刀の先を誠之助に向けた。

「わたしは松林備前守様の用人だ」

誠之助はそれだけ言い置くと足早に道場を横切った。玄関に至ったところで振り返り、

「沢村、剣の腕、確かに上達したな。これからもよき手合わせ致そうぞ」

「わかった、仙石」

二人は最早《もはや》お互いに敬称をつけなかった。誠之助は涼しげな微笑を残し姿を消した。

ふと、誠之助が言った、「よき手合わせ」とは剣の手合わせばかりではない気がした。

松林は諫早藩改易、もしくは転封を狙《ねら》っている。長崎周辺を天領にしたいのがその理由だという。これからも、折に触れ、陰謀を仕掛けてくるということだ。

そして、その陰謀には仙石誠之助が関わるに違いない。誠之助は剣ばかりか大名家の用人としても好敵手となったということだ。

「やったるたい！」

腹の底から雄叫《おたけ》びを上げた。

「ああ、びっくりした」

玄関に美鈴が立っていた。夕陽を浴びて茜《あかね》色に染まった美鈴は一段と美しい。

「お茶を落とすところでしたわ」

美鈴は盆に茶碗を乗せていた。

「すまんたい」

頭を掻《か》き掻き何度も詫《わ》びた。美鈴は視線を泳がせた。誠之助を探しているようだ。

「仙石は帰りました。忙しいようです」

「まあ」

美鈴の表情が曇った。

涼之進の胸が騒いだ。誠之助は恋敵でもあった。

第三章　入れ札

一

神君の掛け軸騒動が無事落着し、沢村涼之進は安堵《あんど》と共に満足感を抱いていた。我ながら藩へ貢献できたものだという自負が胸に込みあげる。藩邸の庭を歩いていても、日差しも木々も自分に微笑《ほほえ》みかけているようだ。

弥生《やよい》の十五日、浮き立つ気分で庭を散策していると、桜の木の下で女たちの声がする。野点《のだて》を行っているようだ。散りゆく桜を愛《め》でようというのだろう。芝生に緋毛氈《ひもうせん》が敷かれ、値の張りそうな茶道具が並べられている。きらびやかな内掛けをまとった女を取り巻いて、女中たちが甲斐々々《かいがい》しく世話をしていた。

つい、誘われて歩を進めて行くと、女中から甲走った声が上がった。しまった、こ

こは奥向きであったか、男子禁制の地へ足を踏み入れてしまったのかと、どぎまぎしながら立ち止まると、

「何をしにまいった」

年寄と思われる中年の奥女中が厳しい目を向けてきた。

「いえ、その、つい、うっかり、足を踏み入れたのです。怪しい者ではござらん。殿の用人兼留守居役補佐を務めます沢村涼之進と申します」

奥女中の剣幕を和らげようと涼之進は笑顔を作った。年寄は一瞥《いちべつ》しただけで、

「沢村殿ですか。ご存じとは思いますが、いかに殿の御用人といえど奥向きに勝手に足を踏み入れることなど許されぬことにございますぞ。早々に立ち去られよ」

「かしこまってございます」

踵《きびす》を返した。その問答の間、女中たちに守られた女は涼之進に顔を向けようとはしなかった。浮かれた気分に水を浴びせられた思いだ。後方で笑い声がした。自分に向けられた嘲笑《ちょうしょう》に違いない。顔から火が出る。

表御殿の玄関に至ったところで、政直が書院で呼んでいるという。涼之進は気持ちを入れ替え書院に向かった。

入るなり政直から鋭い視線と共に問いかけられた。

「どうした、なにかあったか」

思わず面を伏せ口ごもると、

「浮かない面持ちをしておるではないか」

政直は問いを重ねたものの、それ以上には追及してはこなかった。

「御用向きは何でございますか」

涼之進は居ずまいを正した。

「台所事情をなんとかせねばならん」

政直の眉間《みけん》に皺《しわ》が刻まれた。事態の深刻さがわかる。

「御公儀をはじめ、どこの家中も台所は火の車にございます」

「当家も例外ではない。借財、五万両じゃ」

政直は言ってからふうっとため息を漏らした。

「五万両とはいささか厳しいものにございますな」

涼之進の他人事《ひとごと》のような物言いに政直は口元を硬く引き結び、

「いささかどころではない」

「これは、失礼申し上げました」

「むろん、こうなるまで放っておかれたわけではない。様々な試みがあったようだ」

政直は諫早藩が行ってきた財政改革を語った。国許《くにもと》での新田開発、名産物の販売、倹約、商人からの借財の利息引き下げ交渉と返済期限の延長等である。

「しかし、どうもうまくいかん。いくら財政を切り詰めたところで、出費が一向に減らぬとあれば、うまくいくはずがない。わけても、江戸での費えはばかにならんのじゃ」

「江戸の暮らしはどこの大名家も御家の体面というものがございますゆえ」

「よって、余は江戸の藩邸に出入りしておる商人への出費を削減しようと思う」

すると、襖《ふすま》越しに複数の足音が近づいて来る。政直は言葉を止め身構えた。

「失礼致します」

江戸家老鬼頭のしわがれ声が聞こえた。政直が入るよう命じると、鬼頭に続いて二人の男が入って来た。一人は蔵番頭佐々木金之助であるが、もう一人は涼之進の知らない男だ。白髪交じりの髪でつかみ所のないのっぺりとした顔をしている。みな神妙な面持ちで政直の前に座した。政直は一同を見回すと、おもむろに口を開いた。

「商人に対する出費をなんとかせねばならん」

「支払いを少なくせよとのことにございますか」

鬼頭が問い返すと、

「あたりまえじゃ」

政直は苛立《いらだ》ちを声に滲《にじ》ませた。鬼頭は見知らぬ初老の男に目をやった。

「商人どもへの支払いに、無駄な出費はないか」

「無駄な支払いなどはびた一文たりともしておりませぬ」

男は正面を向いたまま平然と答えた。涼之進は男が何者であるか佐々木の耳元で問うと、御用方頭木島右衛門《きじまうえもん》とわかった。出入り商人を統括する責任者だ。

「江戸藩邸での一年間の商人への支払い、いかほどと思う」

政直は涼之進に視線を投げてきた。唐突にそんなことを問われてみても見当もつかないが、政直に問われた以上答えられないではすまない。当てずっぽうに、

「千両ほどでございますか」

政直は表情を消し木島にいくらかと問うた。

「三千両あまりでございます」

木島は淡々と答えた。政直は無言で涼之進を見た。感想を求められたと思い、

「それは、ちと多うございますな」

「大した出費よ」

政直は皮肉そうに口元を曲げ一同を見回してから、木島に視線を据えた。木島は政

直と視線を合わせないよう目を伏せたまま口を閉ざしている。その場の重たい空気を払い除《の》けようと涼之進は快活な口調で、

「その三千両を少しでも削減せねばなりません」

政直は我が意を得たりとばかりに扇子で膝《ひざ》を打つと視線を鬼頭に転じた。鬼頭はすかさず木島に向って、

「殿がこのようにおおせじゃ。木島、鋭意努力致せ」

「御意にございます」

木島は両手をついた。鬼頭は政直を向いて、

「木島もかように申しておりますので、必ずや殿のご意向に添うものと存じます」

政直は鬼頭の言葉に耳を傾けることなく、

「木島、いかに致す」

「極力、無駄を省きまして、商人どもへの発注の際には細心の注意を払います」

木島の答えを政直は鼻で笑い飛ばした。

「その方、無駄な支払いはびた一文しておらんと申したではないか」

木島は目を泳がせ、

「ですので、更なる、その……」

「それで、いくら削減できる」

政直は畳み込んだ。鬼頭も佐々木も頬を強張《こわば》らせうつむいている。木島は面を伏せたまま、

「それは、しばらく時をかけ、様子を見ませんことには」

「それでは、削減など夢のまた夢じゃな」

政直の顔がどす黒く膨らんだ。書院の中は陰湿な雰囲気となった。こうなっては黙っていられない。

「殿、商人への出費削減の件、この涼之進にお任せください」

木島は虚を突かれたようにぽかんとした顔を涼之進に向けた。鬼頭は顔をしかめている。佐々木はいつもの呑気《のんき》な表情とは違っておろおろと視線を彷徨《さまよ》わせていた。

「涼之進、できると申すか」

政直の顔が緩んだ。

「二千両に致しましょう」

出任せに数字まで言ってしまった。木島から当惑の声が漏れたが、政直は無視して、

「よし、やってみせい」

「畏《かしこ》まりました」

涼之進は胸を張った。鬼頭と木島は苦々しげな面を浮かべ、佐々木はおどおどするばかりだった。

「涼之進だけ残れ」

政直の命令が下されると三人は涼之進と視線を合わせないようそそくさと部屋から出た。

「方策はあるのか」

政直は鬼頭たちの手前、涼之進に任せたことに躊躇《ちゅうちょ》こそ見せなかったが、支払い削減が容易ではないことは痛感しているようだ。

「ございません」

正直に答えた。実際、どのような商人が出入りしているかすら知らないのだ。神君の掛け軸の一件同様に先走りと言えた。だが、それは政直も予想していたのだろう。怒りはせず、口を閉ざした。さすがに涼之進は言葉足らずと思い、

「ですが、必ずや良き策があると存じます」

「そなたに任せるゆえしかと考えよ」

政直は下がってよいと軽く右手を振った。頭を下げてから腰を上げようとしたがふと、

「奥の庭にてお見かけしたのですが」

先ほど見た野点の光景を話した。政直はうなずくと、

「千玄院殿じゃな」

「あのお方が千玄院さまでございますか。ご先代政継さまのご正室であられた」

「そうじゃ。今もって奥向きを取り仕切っておられる」

政直は薄く笑った。それが政直にとっても頭痛の種であることを窺《うかが》わせた。千玄院の煌《きら》びやかな衣服が脳裏に浮かぶ。緋毛氈の上に並べられた値の張りそうな茶道具の数々。さぞや豪奢《ごうしゃ》な暮らしをしているに違いない。

「ならば、しっかりな」

政直は腰を上げた。涼之進はぼんやりとした不安にさいなまれながらも両手をついた。

二

まずは主だった出入り商人を調べた。年に五十両以上の支払いをしている商人として、米問屋二人、魚問屋一人、薬種問屋一人、菓子問屋一人、茶問屋一人、油問屋一

人、蠟燭《ろうそく》問屋一人、酒問屋一人、呉服問屋一人、小間物問屋一人、材木仲買一人、炭問屋一人、畳問屋一人、紙問屋一人、醬油《しょうゆ》問屋一人、札差一人、両替商一人、飛脚問屋一人、人宿二人、下肥商一人とわかった。

「二十二人か」

長屋の六畳間で紙に書き出した商人の名前をまずは睨《にら》んだ。これらへの出費をいかにして抑えるか。青物屋が見当たらないのは、下屋敷で野菜を栽培しているからだろう。

「ごめんください」

入って来たのは蔵番頭の佐々木金之助である。神君の掛け軸の一件によって益々《ますます》親密になった。佐々木の平穏でぬぼっとした顔を見るとほっと安堵の気持ちに包まれた。

「これ、食べてください」

佐々木はそば饅頭《まんじゅう》を持って来た。

「茶でも淹《い》れるか」

涼之進は腰を上げようとしたが、佐々木が軽やかな動作で台所に立ち茶を用意して盆に載せて持って来た。

「また、大変なことを引き受けたものですね」

佐々木はからかうような物言いをした。

ひと睨みすると、佐々木はひょこっと首をすくめうまそうにそば饅頭を頰張った。

「いやあ、両国屋のそば饅頭は本当にうまいですな」

あまりにもうれしそうな顔をするので、

「もう一つどうだ」

涼之進は自分の分の饅頭を差し出した。佐々木は笑みを深めて受け取った。それから、頭を掻《か》きながら、「饅頭を持って来たのに何しに来たのかわかりませんなあ」と自嘲気味の笑いを洩《も》らした。

「両国屋からは年に百両ほど買っておるなあ」

涼之進は帳面に視線を落とした。

「百両……。そんなに買っていますか」

佐々木は饅頭で口の中を一杯にした。

「それにしても、饅頭をこんなに買っているのか、一体誰が百両もの饅頭を食べているのだ」

涼之進はそば饅頭を一つ頰張った。なるほど、ほどよい甘みが舌に広がり、甘党ではない涼之進にもうまいと感じられた。さすがは老舗《しにせ》の菓子屋として名の通っているだけのことはある。だが、それにしても百両も菓子など買う必要があるとは到底思えない。

「それは、様々ですよ。このように、藩邸の茶菓子として買い入れる分もございますし、先代の墓参に千玄院さまがお出かけになられる際には、数千個単位でお買い上げになられ、お寺に持参されます。両国屋からは茶菓子ばかりではござらん。赤飯を買って配ったりもするのですよ」

佐々木は茶をすすり上げた。

「なるほど、饅頭だけではなく様々な用途に利用しておるということか」

脳裏に千玄院の優雅な姿が浮かんだ。

「では、この呉服屋の出費、三百三十両はどういうことだ」

「ほとんどが奥向きですな」

佐々木はあたり前のように答えた。

「千玄院さまや奥女中方が買い入れておるのだな」

「あまり、大きな声では申せませんが、千代田のお城の大奥と同様、御家の台所事情を苦しめているのは……」

佐々木はそれ以上を口にすることは憚《はばか》られるのか口を真一文字にした。

「奥向きの出費ということか」

涼之進は腕を組んだ。

「沢村殿、厄介なことを引き受けられましたな」

佐々木の顔は涼之進に対する同情と、その無謀さを非難する複雑な表情に彩《いろど》られている。

「引き受けたからには、なにも手をつけぬわけにはいかん。だが、わたし一人ではできそうにもない。誰ぞの手助けが必要だな」

涼之進は佐々木に視線を据えた。佐々木は茶碗《ちゃわん》を盆に置き大きくかぶりを振った。

「わたしですか、駄目ですよ。わたしは、なにもできません」

「冷たいことを申すな」

「そんなことを言われても」

佐々木は逃げるように目をそむけた。涼之進は佐々木の躊躇《ため》らいを無視して商人一覧を見せた。

「三千両の支払いを二千両にしたいんだ」

「ですから、それは無理でしょう」

佐々木は首を横に振るばかりだ。

「当家とこれらの商人とは付き合いが長いのか」

「先代さまの頃からです」

涼之進は顎《あご》を掻いた。

「どうなすったのです」

佐々木は危ういものを感じたのか心配そうな顔になった。

「新しい商人に入れ替える」

とたんに、

「そんなことをしたら大変なことになりますよ」

佐々木は悲鳴に近い声を上げた。涼之進は両の耳に指を入れて顔をしかめ、

「入れ札にするのだ」

「入れ札？」

「これからは、入れ札をし、安い値をつけた商人から買う。もちろん、公平にやる」

「簡単にはいきませんよ」

佐々木は顔をくもらせた。

「もちろん、簡単にいくとは思っていない。だが、やらねばならん」

口に出すことで決意を固めた。

佐々木は無言だが、抵抗を示すように首を横に振り続けた。

「よし、と、早速、商人どもに伝えるか」

涼之進はまるで時候の挨拶文《あいさつぶん》でも出すような気軽さで言うと、佐々木はさすがに危ぶんだ。

「主人あてに書状を出すさ。今後は入れ札にする。精々、安い値をつけるようにってな、ははは」

「そんな、通り一遍のことでことが運ぶはずがござらん」

佐々木は口を尖《とが》らせた。

「じゃあ、どうすればいいんだよ」

涼之進は眉根《まゆね》を寄せた。今度も妙案が浮かばないままに引き受けている。とにかく、正面突破するしかないのだ。

「まずは御用方に申し入れられるのが筋と存ずる」

御用方頭木島右衛門ののっぺりとした摑《つか》み所のない顔が思い出される。木島は政直の問いかけに商人への無駄な支払いはびた一文ないと答えた。涼之進は御用方が商人と癒着《ゆちゃく》をしているからこのような高値で仕入れているのだと思っている。佐々木は饅頭を持ち、「これも御用方からもらったのです」と申し訳なさそうに言い添えた。涼之進はとたんにまずそうに顔をしかめた。

「敵に回さない方がいいですよ」

「敵に回すつもりはなかと。同じ武芝家の家臣じゃ。おいは武芝家のためを思って商人どもの不正を正そうと思っておるのだ」

涼之進がつい語気を荒らげてしまったため、

「ちょっと、声が高いですよ。第一、商人どもが不正を働いておるとは限りません」

佐々木は涼之進の袖《そで》を引っ張った。

「それはまあ、そうだが」

佐々木は落ち着けと言わんばかりに茶碗に茶を足した。

「商人どもが不正を働いていると決め付けないほうがいいですよ」

「暴利をむさぼっているような気がしてならん」

「どうでしょう。しかとはわかりませんが。持ちつ持たれつの所もあるのではないでしょうかな」

とたんに涼之進は顔を赤らめ、

「それがいかんたい」

佐々木は身を仰《の》け反《ぞ》らせ落ち着くよう訴えかけた。我ながら大人気ない。佐々木に怒りをぶつけることはないのだし、商人たちが不正を行っているとは限らない。

「すまん。わたしが言いたいのは、持ちつ持たれつという関係になっていることで癒着が起こり、商人どもに付け入られているのではないかということだ」

「沢村殿は国許《くにもと》から来られたお方ゆえ、そうお考えになるのでしょうがな」

「商人との繋《つな》がりがないからこそできることもある」

「そうも申せましょうが」

「どうした。心配そうな顔で」

「御用方頭、木島右衛門殿がどんなご仁かご存知ないでしょう」

それがどうしたという目を返した。

「侮《あなど》りがたいご仁ですぞ」

「どんな風に？」

俄然《がぜん》、興味が湧《わ》いてきた。

「本音を漏らさず何を考えているかわからん、と評判のお方です」

「古狸《ふるだぬき》か」

「まあ、そんなところで」

「それなら、益々、やり甲斐《がい》があるというもの」

涼之進は安心させるように微笑《ほほえ》んだ。

「沢村殿も会って話をしてみればわかりますよ」

佐々木は自分の心配を受け入れない涼之進に不快感を露《あらわ》にした。

「ならば、早速会いに行くとするか」

涼之進は明るく告げた。佐々木はやれやれというように小さくため息を吐《つ》いた。

「おまえも来るんだよ」

涼之進は佐々木の肩を叩《たた》いた。

「ええ……」

佐々木は目を大きく見開いた。

「わたしは遠慮しときますよ」

「引き合わせてくれるだけでいいんだ」

「本当に引き合わせるだけですからね」

佐々木は強い調子で釘《くぎ》を刺した。

「おまえには迷惑はかけないよ」

「本当に頼みますからね」

涼之進は佐々木に案内され御用方へ向かった。

三

御用方は奥御殿への出入り口近くにあった。瓦葺屋根《かわらぶき》の地味な建物である。玄関前にある赤松が影を投げかけているせいか、昼間だというのに陰気な雰囲気を漂わせている。佐々木は玄関に入り、木島への取次ぎを申し入れた。すぐに木島が現れた。改めて見ると目がやや釣り上がり、狸というよりは狐《きつね》のようだ。

「佐々木殿か、何か御用かな」

木島は表情を消している。

「あの、御用人の沢村殿が」

佐々木は涼之進に顔を向けた。

木島はその時、初めて涼之進に気づいたように目をしばたたいた。

「沢村涼之進です。先月、国許より出府してまいりました」

涼之進は一応丁寧に挨拶をした。

「先ほど殿の御前でお会いしましたな。商人どもへの出費を削減されるとか。さすがは御用人兼留守居役補佐に抜擢《ばってき》されただけのことはある」

木島は満面に笑みを広げた。

「そのことにつき、是非ともご相談いたしたきことがござってまいりました」

木島は佐々木に視線を向けたが、

「それでは、お邪魔でしょうから、拙者はこれにて」

佐々木は逃げるように立ち去った。

「相談ですか、まあ、ここではなんですから」

木島はくるりと背を向けた。のったりとした足取りで奥へ進んで行く。涼之進も後に続いた。突き当たりの部屋の障子を開け中に入った。六畳間だった。畳は青々としているが、装飾品の類《たぐい》はない簡素な座敷だ。

「よっこらしょ」

木島はいかにも大儀そうに腰を下ろした。

涼之進は正面に座った。

「中々、良いご面相をしておられますなあ」

木島は出鼻を挫《くじ》くつもりなのか、思いもかけない言葉を投げてきた。

「本日、まいりましたのは」

木島の調子に乗せられまいと本題に入ろうとした。だが、

「殿にあらせられては息災にお過ごしでござろうな」

木島はやんわりとはぐらかしてくる。

「はい、いたって」

やむなく言葉短かに答える。

「ところで、千玄院さまの野点《のだて》の席に足を踏み入れられたのは沢村殿でしたかな」

またしても予想外のことを突きつけられ、

「ああ、つい、うっかり」

言葉を詰まらせてしまった。

「うっかりということは誰にでもござるよ」

木島は鷹揚《おうよう》に笑った。

「面目ないことでした」

つい詫《わ》びてしまった。

「で、何用でござったか」

木島は笑みをたたえているが、目は笑っていなかった。明らかに警戒心を抱いている。こんなことでひるんではならじと、懐中から書付を取り出し披露した。木島は億劫《おっくう》そうに視線を落とす。

「商人どもは、みな、よくやってくれておりますぞ」

「そうでしょうが」

「そば饅頭《まんじゅう》を召し上がられたか。おいしゅうござったであろう」

「たしかに美味でした」

「そうでしょうとも。両国屋が丹精を込めて作っております。沢村殿は菓子を作っておるところを見たことございますかな」

　木島の問いに調子を狂わされ、

「いえ、ござらん」

　わざと不機嫌に返したが木島は気にする素振りも見せず、

「それは、もう、大変な手間をかけておりましてな。拙者は、朝早くに作っておる現場を見に行ったことがござるが、こう、いくつもの蒸籠《せいろ》から湯気が立ち上っておりましてな」

　と、うれしそうに身振り手振りを交えながら製造工程を話し出した。ふんふんと調子を合わせていたが話が途切れたところを見計らって切り込んだ。

「ところで、本日まいったのは、商人への出費を削減する一件につき、ご相談があるのです」

木島は口をあんぐりとさせ、

「殿にも申し上げたが、無駄な支払いはびた一文しておらんのだがな……。殿は事情をよくご存知ない故《ゆえ》、あのように申されたと存ずる」

「木島殿は商人への支払いは、あくまで適正なものだとおっしゃるのですか」

木島の顔が歪《ゆが》んだ。

「まさか、沢村殿は不適切とお考えか。すなわち、われら御用方が不当な発注を商人どもへ行っておると」

「いえ、そうは申しておりません」

怒らせてはいけないと努めて穏やかな顔をした。

「では、何がおっしゃりたいのかな」

「無駄な出費を減らしたいのでござる」

「ですから、無駄な出費などしておりませぬ」

「そうでござろうが、さらなる……」

「倹約でござるか」

木島は言葉を遮った。

「倹約と申しますか、とにかく商人への支払いを減らしたいと存じます。それには、入れ札がよいのではないかと考えたのです」

「入れ札」

木島は眉根を寄せた。

「そうすれば、商人どもも競い合いを致します。おのずと、値が下がるというわけでして」

「なるほどのう」

意外にも木島は賛成するように扇子で膝《ひざ》を打った。

「是非とも、入れ札に致しましょう」

涼之進が突っ込むと、

「それはよい考えじゃ」

「では、入れ札にするということでよろしゅうございますな」

「よいお考え。検討致します」

木島は大きくうなずいた。

御用方から出ると、佐々木が待っていた。

「いかがでござった」

佐々木は好奇心半分、心配が半分といった様子である。

「うまくいったぞ」

佐々木は意外そうに目をぱちぱちとしばたたいた。

「案ずるには及ばなかったわ」

涼之進はぽんと佐々木の肩を叩き木島との面談の様子を語った。佐々木は聞き終えると浮かない顔をした。

「木島殿はまことに承諾してくださったのですか」

涼之進は自信満々に、

「してくれたとも。今後は入れ札でいくぞ」

政直に報告しようと足取りも軽やかに御殿に向かった。


政直は書斎で書見をしていた。見台を向いていたが涼之進が入ると、向き直り、

「その顔は、うまくいったようだな」

「はい、いきましてございます」

つい得意げになってしまう。

「申してみよ」

政直はあくまで冷静である。涼之進は居ずまいをただし、

「御用方頭木島殿と面談を致し、今後は商人どもに対し品物購入の際には、入れ札を行うことで話がつきましてございます」

政直はしばらく黙っていたが、

「それで、うまくいくと思うか」

表情は厳しいままである。

「殿には、何かご心配事がございますか」

「うまくいけばよいがのう」

「この涼之進にお任せください」

自信満々の顔をした。

「しかと頼んだぞ」

政直は見台に向き直った。

四

それから、五日後の弥生《やよい》二十二日、邸内で使用する蠟燭《ろうそく》が大量に購入された。蔵番

頭の佐々木から蠟燭が搬入されたとの報《しら》せを受けた涼之進は、

「これは、入れ札で購入されたのか」

佐々木はぽかんとした顔で、

「入れ札とは聞いておりませぬな。今まで通り、日本橋長谷川町の蠟燭問屋上州屋から買い付けられました」

「入れ札ではないのか」

涼之進は口を曲げた。

「わたしに申されましても」

佐々木は心外だとばかりに口をとがらせた。

それはそうだ。佐々木に非があるわけではない。御用方へ行き、木島に質《ただ》すべきだ。

それを危ぶんだのか佐々木は、

「ちょっと待ってくださいよ」

涼之進の袖《そで》を引いた。

「離せ」

「どうするのです」

「決まっているじゃないか。入れ札にしていないことを問い質すのだ。場合によってはこの蠟燭、上州屋に引き取らせる」

「それは、やめたほうがいいですよ」

「どうしてだ」

「争い事になるだけですよ」

「喧嘩《けんか》だってしてやるたい」

涼之進は摑《つか》まれた袖を振り払うとつかつかと歩き出した。

「くれぐれも争い事はなさらないでくださいね」

背中で佐々木の心配げな声がした。


御用方の座敷で木島と相対した。木島はとぼけた顔をしている。その、人を小馬鹿《こばか》にしたような態度は怒りの炎に油を注いだが、込み上がる憤怒《ふんぬ》をぐっと堪《こら》え、

「本日、上州屋より大量の蠟燭が運び込まれましたな」

「ああ、あれは今日でしたかな」

木島は耳を掻《か》きながら答えた。

「いかにも本日納められました」

涼之進は厳しい声を出した。

「そうか、今日だったか」

木島は天井を見上げた。

「今回は入れ札ではなかったとか」

「はて、入れ札とな」

木島は小首を傾《かし》げた。

「入れ札でござる。先日、お伺いして、今後は商人どもから品々を購入する際には入れ札を行うとおっしゃられたではございませぬか」

「いや、そんなことは申しませんでしたな」

木島は真顔である。

「とぼけなさるか」

思わず声を荒らげてしまった。

「とぼけてはおらん。わしは入れ札をするとは申しませんでしたぞ」

あまりに堂々と白を切られ、涼之進は口をあんぐりとさせた。

「入れ札を検討すると申したのです」

木島はぬけぬけと答えた。

「検討する、たしかにそう申されましたな。しかし、それは了承されたということではなかったのですか」

「まあ、そういうことはすぐにはできるものではございませんからなあ」

木島は横を向いた。

「では、お尋ねしますが、木島殿は何か動かれたのですか」

「色々と考えはしましたぞ」

木島は落ち着いたものである。

「考えても実施せねば何もならんではございませんか」

「それは、そうですな。では、精々努めましょう」

木島の態度にあきれ返り、

「次回はよろしく頼みます」

と、言い置くのが精一杯だった。

御用方を出るとまたしても佐々木が待ち構えていたが、佐々木に話すと益々《ますます》腹が立つと思い、目礼しただけで政直の所に向かった。政直は茶室で待っていた。

「駄目だったのか」

「顔に出ておりますか」

上目遣いに問うた。

「この茶釜《ちゃがま》のようにぐつぐつ煮立っておるようじゃ」

政直は手早く茶を点てた。

「恐れ入ります」

涼之進は心を落ち着けようと茶を飲み干した。幾分か気分が軽くなったが、とても怒りの炎が消えるものではなかった。

政直は口元に笑みすら浮かべている。

「入れ札のことにございます。御用方の木島殿、検討すると言っておきながら何もやっておりません。今までのやり方を変えようともしないのです。これまでの商人どもをそのまま出入りさせ続けるおつもりです。それでは、商人どもへの出費、減らすことなどできるはずがございませぬ」

腹に溜《た》まった物を一気に吐き出した。

政直はすぐには返さず、まずは自分のために茶を点てた。

「暖簾《のれん》に腕押しとはまさにあのご仁のことでございます」

つい言葉汚く罵《ののし》ってしまった。

「木島の怠慢を責めるのはわかる。しかし、そればかりではなあ」

政直は珍しく奥歯に物の挟まった物言いをした。

「はい、ですので、是非とも入れ札に移行するよう殿のご命令をいただきたく存じます」

両手をついた。

「余が命ぜよと申すか」

政直の声音は冷ややかだった。それだけで、怒っていることがわかる。

案の定、

「それではおまえに命じた意味がないではないか」

上目遣いに様子を窺うと、政直のこめかみがぴくりと動いた。顔を上げることができず、身体《からだ》も硬直してしまった。

「余が行うのと同じだと申しておるのだ。おまえに任せた意味がない」

確かにその通りだ。これでは、初めから政直の下達で商人への支払い削減を行えばいい。それでは事が運ばないと政直は考えたからこそ家臣に諮《はか》ったのだ。

「心得違いをしておりました」

顔から火が出る思いがした。政直が口を閉ざしたため、沈黙が続いた。茶釜の茹《ゆ》だる音が静寂を一層深くしたところで、

「ならば、どうする」

政直は静かに茶を飲み干した。

「もう一度、木島殿を説得します」

「それでは、難しいであろうな」

「これは、断固としてやらねばならぬことでございますゆえ」

涼之進は声を励ました。政直はニヤリとし、

「涼之進にお任せくだされ、か」

「はい、お任せください」

「任せるが、単純に説得するだけでは難しかろうな」

「入れ札を行うまで諦《あきら》めません」

涼之進は大きな目に断固とした決意をみなぎらせた。政直は涼之進の顔つきに暑苦しさを感じたのか、扇子で自らの首筋に風を送った。

その足で再び木島を訪ねた。木島は不快がる素振りも見せず、かといって歓迎する風でもなく、淡々と涼之進を迎え入れた。

「なんですかな」

木島は前回同様すっとぼけた顔である。

「入れ札のことでございます」

ここで腹を立ててはいけないと平静を装《よそお》った。

「ああ、あれですか」

木島は大袈裟《おおげさ》に目を開いて見せた。

「なんとか、実施していただきたいのです」

涼之進は丁寧に頭を下げた。

「殿のご命令ですかな」

「殿のご命令ではなく、わたしが考え実施したいと殿に提案申し上げました。それが商人への出費を削減させることに繋《つな》がるとの考えからです」

「ご趣旨はわかります。それで検討致すとお答え申した」

「検討を急いでいただけませぬか」

「急ぎましょう」

木島は請け合ったが、またしても木島の調子に引き入れられては何もならない。

「急ぐと申されると、いつまででございます」

期限を設けるべきだ。

「さあて、それをまずは検討せねばなりませぬなあ」

木島はおかしそうに笑った。

「まるで、禅問答ですな」

涼之進は怒りを飲み込んだ。

「では、こうお聞きしましょう」

木島は改まった顔で問いかけてきた。

「なんなりと」

「入れ札と申されるが、それには複数の商人が必要でございますな」

「いかにも、そうでなくては入れ札の意味がありません」

「複数の商人をいかにして選びなさるおつもりか」

木島は厳しい目をした。

「たとえば、蠟燭《ろうそく》ならば何軒かの蠟燭問屋に声をかければよろしいでしょう」

「どうやって選び出すというのです」

「いくらでもいるではございませんか。大名家御用達《ごようたし》ともなれば商人も箔《はく》がつきましょう」

「大名家も多ございますのでな」

武芝家程度の大名屋敷に出入りする話に喜んでほいほいと乗ってくる商人などいないと言いたげだ。

「では、何もなさらないおつもりですか」

「そうは、申しませんぞ」

「商人を募集してみてはいかがですか。あるいは、柳の間詰めの大名屋敷に出入りしておる商人に声をかけてはいかがでございましょう」

「それは、難しいですな」

「何故《なぜ》です。声をかけたことはございますか」

「商人どもの棲《す》み分けができておるのでござる」

「…………」

返事はせず眉《まゆ》を顰《ひそ》めた。

「ここの大名屋敷はどこの商人という具合ですな」

木島は皮肉げな笑いを浮かべた。内心で舌打ちをする。それでは、何も進まないではないか。木島は試行錯誤することなく答えを導き出してしまっているのだ。これでは、千両どころか、一両の削減もままならない。無駄骨というものだろう。もっとも、木島は削減などできないと言いたいのかもしれないが。

それを裏付けるかのように、

「ですので、性急には事は運びませんなあ」

木島は結論めいた物言いをした。ここで、そうですか、と納得するわけにはいかない。かといって、気持ちを高ぶらせてはならない。落ち着けと自分に言い聞かせる。

「そこをなんとかせねば、物事は一向に進みません」

「そうおっしゃられても」

木島はのっぺりした顔を困惑で歪《ゆが》めた。

「木島殿や御用方が無理とおっしゃるのなら、わたしが商人を探してまいります」

「ほう、沢村殿が」

木島はほくそ笑んだ。おまえなんぞにできるものかという侮蔑《ぶべつ》が浮かんでいる。ここでひるんでは足元を見透かされると胸を張った。

「ならば、お願い申そうか」

木島はのっぺりした顔に戻った。

「お任せください」

胸を叩《たた》くだけの元気はなかった。

「ならば、これにて」

木島は話は済んだとばかりに腰を上げた。涼之進はそれを引き止め、

「差し当たって、次の購入予定をお聞かせください」

「次は酒ですな」

木島はうれしそうな顔をした。いかにも酒好きのようだ。いつだと問うと五日後だという。木島は杯を口に当てる格好をした。

「では、話はこれでよろしいですかな」

木島は念押しするように言うと腰を上げた。

五

蔵番頭佐々木を訪ねた。正直に木島とのやり取りを話した。

「ですから、大変だと申し上げたでしょう」

佐々木は他人事《ひとごと》のような物言いである。

涼之進は佐々木の額を小突いた。

「すみません。で、入れ札に加わる酒問屋を見つけることを引き受けたのですか」

「しょうがないだろう。木島殿にその気がなければ、こっちでやるしかない」

「それは、まあ、そうでしょうが」

「今はたしか新川《しんかわ》の酒問屋扇屋から仕入れているのだったな」

何気ない調子で聞いた。

「そうですよ。腰の低い熱心な商人で、われわれにもおこぼれを」

佐々木はうれしそうな顔をした。

「ほう、そうなのか」

今度は涼之進がにんまりとした。

「どうしたのです」

「いや、酒問屋といっても多いだろう」

「ええ、それは、そうですがね」

「おれ一人で回れるかな」

「沢村殿が引き受けられたのでしょう」

佐々木は警戒心を抱いたのか声が小さくなった。涼之進に思わせぶりに微笑《ほほえ》みかけた。

「まさか、一緒に回れと」

「そう、つれない態度をとるな」

「わたしだって御役目が……」

「なあ、頼む、このとおりだ」

涼之進は拝み倒した。


涼之進と佐々木は新川の酒問屋にやって来た。二人とも紺地の小袖《こそで》を着流し、菅笠《すげがさ》という身軽な格好だ。往来には酒問屋が軒を連ねている。酒樽《さかだる》を積んだ大八車が行き交い、うかうかすると轢《ひ》かれそうだ。

「あそこが、扇屋ですよ」

佐々木は問屋の一軒を指差した。間口五間ほどのどちらかというと小ぢんまりとした店である。酒樽を積んだ大八車が店先に横付けにされ、紺地暖簾が春風にはためいていた。

涼之進は足を向けるべきかどうか迷った。値下げ交渉でもしてみるかとも思う。しかし、それではいつまでたっても癒着《ゆちゃく》は断ち切れまい。

「ならば、二人で手分けして問屋を訪ねるとしようか」

涼之進は菅笠を上げた。佐々木はやれやれと周囲を見回した。二人が歩き出そうとした時、

「おや、佐々木さまではございませんか」

と、若い男の声がした。目を向けると、愛想の良い笑みを浮かべた男が立っている。

「おお、三蔵《さんぞう》」

佐々木は頬を綻《ほころ》ばせた。

「今日は何か御用でございますか」

三蔵は愛想よく声をかけてきた。

「まあ、その、なんだ。今日は非番なのでな……。そうだ、新しく殿の御用人になられた沢村殿だ」

佐々木は返答に困って涼之進に話題を向けた。行きがかり上、挨拶《あいさつ》をしないわけにはいかなくなった。菅笠を上げ軽くうなずいたところで、

「沢村さまですか。手前、扇屋の主《あるじ》で三蔵と申します」

主と聞いて思いの外若い男なのに驚いた。

「沢村殿は殿の御用人であられるのだ」

佐々木がもう一度言うと、

「それは、それは」

三蔵は腰を折ってから、「こんな所ではなんですから」と店に寄ってくれるよう頼

んできた。

「いやあ、それは」

涼之進が断る前に、

「さあ、さあ」

三蔵は佐々木と一緒に扇屋の暖簾を潜《くぐ》ってしまった。仕方なく涼之進も続いた。土間を隔てて板敷きの店が広がっている。手代や小僧たちから一斉に、

「いらっしゃいませ」

と、元気の良い声がかけられた。耳に心地よい響きだ。

三蔵の案内で通り土間を奥に向かった。店を突っ切り裏庭に出ると、土蔵の前で忙《せわ》しげに立ち働く男たちの熱気が伝わってきた。みな着物を諸肌《もろはだ》脱ぎにし、赤銅《しゃくどう》色に日焼けした身体で酒樽を運んでいる。

「繁盛《はんじょう》しておるなあ」

涼之進の口から自然と賞賛の言葉が漏れた。

「いえ、まだまだでございます」

三蔵はかぶりを振った。

「謙遜《けんそん》することはない」

「とんでもございません」

母屋《おもや》の玄関に導かれた。玄関を上がり、廊下を歩いて座敷に入った。掃除の行き届いた部屋だ。この部屋ばかりではない。母屋は地味な造りながら清潔感が漂っている。三蔵自身も身なりにかまわないらしく、裾《すそ》がほつれた小袖を平気で着ている。小袖自体も地味な木綿絣《もめんがすり》だった。身なりといい、暮らしぶりには金をかけている様子はない。

三蔵は両手をついた。

「そなた、若いが歳《とし》はいくつだ」

涼之進は三蔵という男に興味を持った。

「二十三歳の若輩者にございます」

「ほう、若いな」

「親父が昨年、亡《な》くなりまして跡を継いだのでございます。わたくしで三代目、よく、三代目で店を潰《つぶ》すなどと申しますので、そうならないよう懸命に働いております」

三蔵の物言いには偉ぶったところも媚《こ》びるところも感じられなかった。あるのは、商人としての真摯《しんし》な姿勢である。

「おまえなら、店を傾けるようなことはあるまい」

つい、涼之進の方が世辞めいたことを口にしてしまった。

「沢村さまも仕官早々に殿さまの御側近くにお仕えとはご信頼のほどがわかります」

女中が茶を運んで来た。

「さ、どうぞ」

勧められた茶碗《ちゃわん》には茶ではなく酒が入っていた。予想していたことだが、

「武芝さまに納めさせていただいております酒でございます」

三蔵は屈託のない表情である。佐々木が涼之進の様子を窺《うかが》ってきた。涼之進は藩邸に納入されている酒の味を知らないでは、役目を果たせないと自分に言い聞かせ茶碗を手に取った。佐々木も安心したように茶碗を持った。鼻に近づける。芳醇《ほうじゅん》な香りがした。口に含んだ。さらりとした舌触りだ。

「うむ、うまい」

すっと喉《のど》に酒が入った。

「ありがとうございます」

三蔵はうれしそうに微笑んだ。

「上方の酒か」

「伏見の蔵元から取り寄せております。木津桜《きづざくら》と申します」

「いやあ、うまい」

佐々木は涼之進が扇屋のことを認めたのだと思ったのか、心の底から素直な感想を漏らした。

「佐々木さまにはいつもお世話になっております」

「ところで、扇屋。ちと、話がある」

三蔵は身構えた。

六

三蔵の商売熱心さなら、打ち明けても大丈夫なのではないかと思えた。

「実はな、藩財政厳しき折、おまえたち商人への支払い、大きな負担となっている。いや、なにも、おまえたちが不当に暴利を貪《むさぼ》っているとは申しておらん」

三蔵は両手を膝《ひざ》の上に乗せ黙って聞いている。

「扇屋とは三代に渡るつき合いをしておるからなあ、暴利を貪るなどするはずはない、なあ」

横から佐々木が三蔵を気づかうように口を挟んだ。三蔵は無言でうなずく。

「わたしとて、暴利を貪っておるとは申しておらん。だが、出費を抑制しなければならないのも事実。そこで、今後は入れ札を行おうと思う」

「入れ札でございますか」

三蔵はうなずきながら視線を彷徨《さまよ》わせた。

「そうしたいと思う」

威圧するのではなく穏やかな口調で提案した。

三蔵は思いを巡らすように視線を泳がせた。

「よい心持ちはしないであろうが、承知してもらいたい」

涼之進は軽く頭を下げた。すると、三蔵はあわてて手を振り、

「そのようなことはなさらないでください」

と、涼之進に頭を上げさせてから、

「入れ札を行うにしても単に値だけを基準にしてよいものかということです」

「と言うと?」

「酒というものは様々です」

「上方からの下り酒もあれば関八州で造られる地回りの酒もある。もちろん、わたしだってなんの条件も設けずに入れ札を行うつもりはない」

涼之進は安心させるように微笑んだ。ところが三蔵の顔は一向に晴れることなく、

「わたしが心配なのは酒には、人それぞれに好みというものがあるということです」

「好み、なるほどな」

「味わいといいますか」

「質を大事にしなくてはならんということか」

「そのようにお考えくだされば幸いです」

その言葉の裏には三代に渡って諫早藩邸に酒を納めてきたという自信が感じ取れた。

「わかった。となれば、入れ札の当日には酒を持参してもらおう。値と共に酒の味わいも条件とする。これでどうだ」

「それはよろしゅうござる」

佐々木も満足そうだった。

涼之進と佐々木はそれから新川の酒問屋を回り、入れ札に加わる問屋として五軒を選定した。

「なんだか、酒問屋を回っていたら酒が飲みたくなったなあ」

「まったくです」

佐々木も素直に応じた。

「一杯やっていくか」

涼之進の誘いに佐々木が反対することはなかった。二人はどこか適当な店をと南伝馬町を歩き、縄暖簾《のれん》を見つけた。

涼之進は暖簾を潜った。佐々木も笑顔を浮かべている。二人は大刀を鞘《さや》ごと抜くと入れ込みの座敷に上がった。まだ、暮れ六つには早いとあって客は行商人風の町人たちがちらほらいるだけだ。

「酒、めざし、奴《やっこ》」

涼之進は頼んでおいてから、「で、いいな」と佐々木に確認した。佐々木は反射的に首を縦に振る。

「そう言えば、沢村殿と外で酒を酌《く》み交わすのは初めてでござるな」

佐々木は頬を綻《ほころ》ばせた。

「そうだったな」

涼之進は酒が来るのが待ちきれないように首を伸ばした。すぐに、頼んだものが来た。

「さあ、まずは、一献」

涼之進はちろりを持ち上げた。佐々木はこくりと頭を下げて猪口《ちょこ》を差し出した。

「入れ札、うまくいくといいですね」

「絶対に成功させるさ」

涼之進も猪口を面前に捧《ささ》げた。

「それにしましても、沢村殿は大したものですな」

「なんだ、唐突に」

涼之進は猪口をぐびりとあおった。

「思い切ったことをなさる」

「おれには、妙なしがらみというものがない、こういうことにはうってつけ。殿もきっとそんな所に期待を寄せられたのであろう」

「そうでしょうが、中々できることではござらん」

「佐々木殿も色々とやりたいことがあろう」

「わたしですか、わたしなんぞは」

佐々木は猪口に視線を落とした。

「思いきってやったらいいのだ」

涼之進はちろりを差し出した。

「わたしなんぞは駄目ですよ。蔵の番人が精一杯です」

佐々木はしんみりとなってしまった。これ以上酒は勧めない方がいいと思い、ちろりを置いた。しかし、佐々木は勢いがついたのか手酌で呑《の》みだした。飲むうちに愚痴が激しくなった。

「わかった、貴殿の気持ちはよくわかる」

涼之進はもっぱら宥《なだ》め役に徹しざるを得なかった。


翌日の朝、涼之進は木島を訪ねた。

「来《きた》るべき酒の入れ札についてでございますが」

涼之進が切り出したところで、

「入れ札、実施することになったのですかな」

木島は今日もすっとぼけた顔をした。涼之進は乗せられることもなく、

「わたしが入れ札に参加する酒問屋を見つけてまいりました」

新川の酒問屋を記した書付を示した。木島はいかにもめんどくさそうに取り上げ、しげしげと眺めた。

「いかがでござる」

涼之進が突っ込むと、

「よく見つけてこられましたな」

木島は感心したように目をぱちぱちと開いたり閉じたりした。

「足で稼ぎました」

「さすがは、沢村殿」

木島の心にもない世辞を受け流し、

「それで、次回の酒購入に際しては是非ともこれらの酒問屋を呼び、入れ札を行いたいと存じます」

「承知つかまつった」

「ところで、なにせ、扱う物が酒ですので、単に値の安い物を選ぶというわけにはまいらないだろうと存じます」

木島は首を縦に振った。

「そこで、入れ札当日は酒の試飲も行おうと存じます」

木島は満面の笑みを浮かべ、

「それは、良きお考えじゃ」

「そうでありましょう。ですから、木島殿には是非当日はお立会いをお願い申し上げます」

涼之進は丁寧に言い添えた。

「拙者なんぞ、酒はたしなむ程度で味わいなどわからぬ者じゃが」

木島は言いながらも舌舐《な》めずりせんばかりの顔つきだ。

「では、よろしくお願い申し上げます」

涼之進は腰を上げた。


その足で政直を訪ねた。政直は庭で弓の稽古《けいこ》を行っていた。片肌脱ぎになって弓を射ると、ひと段落したところで御殿の縁側に腰を落ち着けた。政直は涼之進の顔を見るなり弓を放り投げてきた。

「射てみよ」

断ることはできない。弓は国許《くにもと》で父兵右衛門から手ほどきを受けた。剣術同様に城下でも評判の腕となった。だが、弓を持たなくなって久しい。果たして的を射ることができるか、と危ぶみながら弓に矢を番《つが》え、的を見据えた。野鳥の囀《さえず》りが庭を覆《おお》っている。薄ら冷たい風に葉桜が紅色の花を舞い散らせていた。

涼之進は矢を射た。矢は吸い込まれるように的に命中した。政直から、

「十本射よ」

命ぜられるまま矢を射た。十本中八本を的に命中させた。

「申し訳ございません。修練を怠っております」

涼之進は庭で片膝を付いた。

「なんの、見事だぞ」

政直は上機嫌である。

「入れ札についてご報告にあがりました」

「うまくいったのか」

政直は小姓に汗を拭《ぬぐ》わせると着物を着た。

「酒の購入についてまず行いたく存じます」

涼之進は政直を見上げた。

「任せる」

「ところで、入れ札を行うにあたりまして、酒の試飲を行いたいと存じます」

試飲に至った経緯を簡単に話した。政直の顔が明るくなった。

「それは、面白そうじゃな」

「面白いかどうかはともかくと致しまして、新たな試みになると存じます」

涼之進も顔を輝かせた。

政直はほくそ笑んだ。

「いかがされました」

「余も試飲をしてみよう」

「殿がですか」

涼之進は口をあんぐりとさせた。

「ああ、飲むぞ。かまわんではないか。余が口にする酒ぞ」

当然とばかりの顔である。

「まあ、たしかにそうですが」

涼之進は躊躇《ためら》いがちに賛同した。

「久しぶりに楽しみなことができたものだ」

政直は腰を上げた。

涼之進は内心舌打ちした。政直のことだ。必ずや自分の好みに合った酒を選定し、それを持参して来た酒問屋に決めてしまうに違いない。その結果、かえって値の張る酒が採用されてしまうことも考えられる。そうなれば本末転倒だ。一体、何のために入れ札にしたのかわからない。

——これは、まずい。

涼之進は自分が蒔《ま》いた種が思わぬ花を咲かせるかもしれないと危ぶんだ。そんな涼之進の心配を他所《よそ》に、

「涼之進、楽しみじゃ」

政直は何度も繰り返した。

「涼之進にお任せください」

言葉に力を込められなかった。

七

「しくじった」

涼之進は佐々木に言葉を投げた。

「どうしたのです」

佐々木は二日酔いなのかいつものぼうっとした表情が一層際立《きわだ》っている。

「藪蛇《やぶへび》になるかもしれん」

涼之進は政直が試飲すると言い出した経緯を話した。

「なるほど、これは下手をすれば酒の品評会ですな」

「おまえは、いつも暢気《のんき》だなあ。羨《うらや》ましいよ」

「いつもではありません。昨日はいささか過ごしましたもので」

佐々木は言っている傍《そば》から大きなあくびをした。酒臭い息を手で払い除《の》け、

「このままでは、まことに品評会になってしまう」

「しからば、どうでしょう。値の上限を設けるのです」

佐々木は二日酔いを気にしてか申し訳なさそうに言うと、涼之進が両目を大きく開いたものだから、

「あ、いえ、その」

佐々木はしどろもどろになってしまった。

「いや、それは良い考えだ。上限を設ける。そうすれば、めったやたらと良い酒を持って来ることはない。その値の範囲内でということになる」

涼之進は手を打った。

「ですよね」

佐々木も涼之進が納得してくれたことでほっとしたようにうなずいた。

「よし、しからば」

涼之進は胸を叩《たた》くと御用方へ足を向けた。

入れ札当日となった。弥生《やよい》二十七日の昼下がりのことだ。

御殿に面した庭に酒問屋たちが顔を揃《そろ》えた。もちろん、三蔵もいる。みな、手代と思《おぼ》しき男たちを連れ、大八車に一斗樽《だる》を積んでいた。庭には縁台が設けられ、そこには御用方頭木島、蔵番頭佐々木、涼之進の他に家老鬼頭、留守居役浜田が居並んでいた。縁台には畳が敷かれ、座布団《ざぶとん》が置かれている。

政直はあくまで顧問的立場である。そのため、御殿の大広間から入れ札の模様を眺め、口は出さずあくまで酒を味わうだけだ。周囲に紅白の天幕が張り巡らされ、仰々しい雰囲気を醸《かも》し出していた。

「みな、本日はご苦労である」

木島が声をかけた。

「わたくしども持参致しました酒を、武芝のお殿さまにお飲みいただくことは法外の喜びでございます」

商人を代表して三蔵が挨拶《あいさつ》した。

「うむ、みなも暖簾にかけて自慢の酒を持って来てくれたことと思う」

木島は酒樽を見回した。舌舐めずりせんばかりの目つきだ。商人たちはみなうつむき加減ながら笑みを浮かべている。

「みなには報《しら》せてあった通り、本日持ってまいったのは一斗十両以内という制限を設けておる」

木島は確認するように三蔵を見た。三蔵は、

「みな、心得ております」

「では、われらで酒を賞味し、その方たちが持参した値の入れ札をさせ、その総合で出入りの商人を決めるものとする。その選ばれた商人は今後一年間の出入りを許すものである。そして、来年の今頃に改めて入れ札と試飲を行う」

木島はのっぺりした顔に不似合いなほどの気合いの籠《こも》った声音である。様々な酒が飲めるということで気分が高揚しているようだ。

「承知いたしました」

酒問屋たちは声を揃えた。

女中たちが一合枡《ます》を運んで来た。木島は待ちきれない様子で舌をもごもごと動かしている。

「飲み過ぎるなよ」

涼之進は横に座る佐々木のわき腹を肘《ひじ》で打った。佐々木は苦笑を漏らした。

「では、桔梗屋《ききょうや》」

桔梗屋と呼ばれた問屋が持参した酒樽から一合枡に柄杓《ひしゃく》で酒が注がれた。それを盆に載せ、まずは政直に運ばれた。政直は一口つけ、味わうようにしていたがやがて残りを一息に飲み干した。みなの視線が集まった。政直は表情を変えず、感想を漏らすこともなかった。

次に、涼之進たちの前に運ばれて来た。

「さあて」

木島は目を細めた。

「いざ、飲むか」

鬼頭は一合枡を持ち上げた。

「よし、いくぞ」

涼之進も飲んだ。うまいと思った。

「どちらの酒だ」

木島が聞いた。

「灘《なだ》でございます」

桔梗屋が答えた。

木島は味わうように飲み干すともう一杯お替りをしたげであったが、一通り飲み通すまでは酔っ払うわけにはいかないと思ったのか我慢した。それは涼之進も同じことである。

「次、遠州屋」

と、木島が呼んだ。今度もまずは政直の前に運ばれた。その時、

「おやっ」

涼之進は思わず口から漏らした。

「いかがされました」

佐々木は一口口をつけただけで、酔っ払うことを警戒しているのか飲み干してはいない。

「女中が酒を運んでいるが」

涼之進はいぶかしんだ。

「ああ、奥向きにではございませんかな」

「奥か、どなたか、お酒を召し上がるのか」

佐々木は扇子で口を隠し、

「千玄院さまでです」

涼之進は桜の木の下で見た野点《のだて》の様子を思い出した。

「千玄院さまはお酒がお好きなのか」

涼之進は呟《つぶや》くように聞いた。

「まあ、そのような噂《うわさ》が」

佐々木は口ごもった。

そうこうする内に三蔵の番となった。三蔵は神妙な顔つきで柄杓で酒を一合枡に注ぐ。政直に運ばれ、続いて涼之進たちの前にも運ばれた。

「これまでに納めさせていただいております伏見の酒、木津桜でございます」

三蔵は落ち着いた口調である。

「ふむ、大儀」

木島が言った。三蔵は静かにうなずく。

みなが飲み干したのを確認してから、

「以上で試飲は終わった。では、入れ札を行う。申しておくが、今回の入れ値、十両を以て上限と致す。それ以上の値を入れ札にした者は失格となる。よいな」

木島は木箱を指し示した。酒問屋たちは張りつめた顔をした。みな、書付を木箱に投函《とうかん》した。

「よし、しばし待て」

木島は佐々木を見た。佐々木はほんのりと赤らんだ顔で立ち上がり、木箱を持った。よろよろとしながら木箱を御殿の濡《ぬ》れ縁《えん》に置いた。酒問屋たちは番小屋で待機するよう命じられた。

「では、木箱を開けます」

木島は仰々しい所作で鍵《かぎ》を取り、南京錠《なんきんじょう》を開けた。

「読み上げます」

木島は入れ札の値を読み上げた。

値は扇屋が最も安く九両二分、あとは九両と二分一朱と明示されていた。涼之進たちは濡れ縁に行き大広間を見上げた。

「入れ札では扇屋が最も安い値を示しております」

木島が政直に言上した。

政直は鷹揚《おうよう》にうなずいた。少しも酔った風はない。

「さてと」

鬼頭はみなを見回した。

「入れ札だけなら、扇屋であるが」

鬼頭は思わせぶりな笑みを浮かべた。

「余は桔梗屋の灘の酒がうまかった」

政直はそれだけ言い残すと大広間を出て行った。あくまで酒の味を評したつもりなのだろうが、藩主の発言は重い。三蔵と接し、その人柄、商人としての力量を知っただけに肩入れしたいところだが、私情を挟んでは入れ札の意味がない。

「殿のおおせ、ごもっともですが、入れ札の値もございますし」

木島は選定に入った。

「ですが、値だけで決めるのではないでしょう」

涼之進が口を挟んだ。

「それは、そうですが」

木島は曖昧《あいまい》に口ごもった。

「値と味を加味すれば」

涼之進が意見を述べようとした時、小者が小走りに近寄り木島に耳打ちし、書付を手渡した。木島は深くうなずくと、

「やはり、ここは入れ札の値を考え扇屋としたいと存じます」

と、しゃきっとした顔で告げた。

何事が起こったのかと涼之進は口をあんぐりとさせたが、

「よろしいでしょうか」

木島は一同を見回した。

「異存なし」

鬼頭が立ち上がり、

「まこと、扇屋は良い酒を納める」

浜田も賛同した。

「では、扇屋と決定致します」

木島は晴れ晴れとした顔で宣告した。

涼之進に出る幕はなかった。

八

涼之進は政直に呼ばれ、書院で相対した。

「酒問屋の件、いかがなった」

政直は脇息《きょうそく》に身を凭《もた》せかけた。

「扇屋に決まりましてございます」

政直はうなずいただけで良いとも悪いとも言わない。ただ、涼之進の曇った顔を見て、

「どうした。不満なのか」

「いえ、不満とは思いませんが」

事実、扇屋で決まってよかったとも思う。三蔵の商売熱心さを思えば、他の問屋に決まらなくてよかったと、安堵《あんど》の気持ちにもなった。

「おまえらしくないな。思うところがあるのなら申してみよ」

「木島殿の素振りが気になりました」

「木島がいかがした」

「どの酒問屋にするか、決定しようとした時に、木島殿は小者から耳打ちされました。そして、書付を見て扇屋とおっしゃったのです。するとそれがきっかけとなって鬼頭殿も浜田殿も一も二もなく扇屋と賛同なさいました。耳打ちが影響したとしか思えません」

政直は何も言わないが察しがついているようだ。どこか達観した表情である。

「おそらくは奥向きからの使いと存じます」

「千玄院殿か」

政直は口元に笑みを浮かべた。

やはり、そうか。酒は奥にも運ばれた。佐々木の話によると千玄院が試飲するという。耳打ちは千玄院の意思を示すものであったろう。

「千玄院さまのご意向が伝えられたのでしょう」

「そうであろうな」

「今回のことは扇屋でよろしいのですが、今後のことを考えますと」

「千玄院殿お気に入りの商人が、今後も出入りするということか。それで、なんとする」

「まずは、じっくり考えます」

涼之進は妙案が浮かばないまま辞去した。

酒の入れ札の後、醬油《しょうゆ》、油、畳の入れ札を行った。みな、現在出入りしている商人が落札した。入れ札の度に木島の元へ奥向きから使いが来た。その使いを待ち、商人が決められた。幸い、落札価格はいずれも最低価格を以《もっ》て決定された。出費の削減になっているのだから、一見して涼之進の企ては成功のようである。

ところが、割り切れない。いずれも奥向きの意向、すなわち千玄院の意向が色濃く反映しているのだ。それに、商人たちが談合していることは見え見えだった。出入りの商人が落札するよう、前もって値を調整しているようにしか思えない落札価格だった。出入り商人は最低の値と千玄院の後押しによってこれまで通りの商いを続けているわけだ。

これでは、大幅な削減、政直に約束した二千両を達成することなどできそうにない。さらに、大きな悩みの種が持ち上がった。

呉服問屋である。出入りの呉服問屋は日本橋の平戸屋である。呉服に要する費用がばかにならない。年間に三百三十両もの大金が費やされているのだ。だが、呉服問屋に手をつけることは千玄院と正面から対決することになる。そのためであろう。木島に呉服問屋の入れ札の話をすると、激しい抵抗を示した。呉服問屋だけは入れ札を行わないと頑として譲らないのだ。

例外を認めるわけにはいかない。

曲がりなりにも、入れ札が軌道に乗りかけているのだ。

「呉服に手をつけぬわけにはまいらん」

涼之進は決意を示すように佐々木に言った。

「それはあまりに……」

佐々木は顔を蒼《あお》ざめさせた。

「しかし、これをなんとかせねば、支払いの削減はままならん」

涼之進は白目を剝《む》いた。

「ですが、ご承知のごとく呉服は」

「わかっているよ。千玄院さまだろ」

「わかっているなら、もう少し慎重になった方がよろしゅうございますぞ」

佐々木は宥《なだ》めようというのか涼之進の肩をぽんぽんと叩《たた》いた。

「だがな、今回のお役目を進めていく中で、こんなことを申しては畏《おそ》れ多いことながら、千玄院さまこそが大きな障害となっていることに気づいた」

闘争心が燃え立った。

佐々木は困ったように顔をしかめるばかりだ。

「触らぬ神に祟《たた》りなし、というわけにはいかん。いいか、今、この藩邸に出入りしている商人どもは、すべてが千玄院さまの息がかかっていると言ってもいい。そうなんだ、千玄院さまとの対決を避けては商人への支払いの削減などできないのだ」

「それは、しかし……」

佐々木は心配顔である。

「まあ、原因が明確であることはかえってやりやすい」

「止めても無駄ですか」

当たり前すぎて返事をするのももどかしく、涼之進はくるりと背を向けた。

「まさか、千玄院さまの所へ行かれるのですか」

「行くさ。あたりまえじゃないか」

「好き勝手に奥向きに足を踏み入れることはかないませんぞ」

「それくらいのことはわかっている」

涼之進は吐き捨てると御殿に消えた。

——やったるたい！

ここは一歩も引くまい。

御殿の玄関脇《わき》にある控えの間で鬼頭に面談を求めた。鬼頭は赤ら顔で出て来た。

「何事じゃ」

「千玄院さまに面談させてください」

鬼頭はしばらく口をあんぐりとさせていたが、

「千玄院さまに面談してなんとする」

「無駄遣いをやめていただくようお願い申し上げます」

「おまえなあ」

鬼頭は舌打ちし、激しく顔を歪《ゆが》めた。

「いけませんか」

「いけませんかではない。常識で考えろ。昨日今日用人となった者が、千玄院さまに意見などできるはずがない。永年ご奉公、いや、先祖代々お仕えしておるわしとて意見は控えておるのじゃ」

「新参者ですから意見が申せると存じます。わたくしは殿より商人への支払いの削減をするよう命じられているのです」

「千玄院さまが妨げと申すか」

鬼頭は横を向いた。

「そう考えます」

「しかし、そのようなこと」

鬼頭は落ち着きなく膝《ひざ》を揺すった。

「御家老とておわかりのはずです」

「なにがじゃ」

「とぼけられなくても」

「無礼なことを申すな」

「ご無礼申し上げました。ですが、あまりにはっきりとしているではありませんか」

「だから、なにがじゃ」

「これまで、様々な入れ札を行ってきました」

「おまえはよくやっておる」

「わたしのことはどうでもいいのです。肝心の入れ札の結果はどうでしょう。みな、これまでの出入り商人が結局は落札しております」

「それは、商人どもの努力であろう」

鬼頭は皮肉げに口を曲げた。

「商人どもはおそらく、談合をしているのです」

「入れ札の前に談合をしておいて、あらかじめ値を調整し、その上で入れ札に臨む。それで、結局は出入りの商人に取らせる。お互いの領域を侵さないということか」

鬼頭は淡々としたものだ。

「そうです。その背景には千玄院さまのご意向が影響しておるものと思います。千玄院さまに入れ札への関与をやめていただかない限り、真の入れ札は行われないのです」

涼之進は鬼頭に真剣な眼差《まなざ》しを向けた。

「そうは言ってもなあ」

鬼頭が困惑するのは無理もない。鬼頭にすれば千玄院と奥向きは触ってはならない領域なのだろう。

「御家老にはご迷惑はおかけしません」

涼之進は身を乗り出した。

鬼頭は及び腰だ。

「お願い申し上げます。面談させていただくだけでよろしいのです」

鬼頭は考えあぐねたようだが、結局涼之進に押し切られるように首を縦に振った。

九

涼之進は奥御殿の書院に通された。真新しい畳に贅沢《ぜいたく》な装飾品に彩《いろど》られている華やかな座敷である。青磁の香炉が風雅な香りを立ち上らせ、床の間の花入れには水仙が見事に咲き誇っていた。障子が開け放たれ暖かい日差しが差し込み、穏やかな風が吹き込んでくる。鶯《うぐいす》の鳴き声が庭を彩り、紋白蝶《もんしろちょう》が番《つが》いでのどかに舞っていた。

どれほど待たされたことだろう。

ここで待つよう奥から告げられたのは八つである。もう半刻ほども待たされているのだ。

「いかん」

ここで腹を立てては負けだ。込み上がる不満をぐっと飲み下した。それからさらに四半刻ほどしても千玄院は姿を見せない。今度は不安になった。

——間違ったのではないか。

本日ではなく別の日、あるいは時刻が違う。自分が聞き間違えたのか、間違って伝えられたのか。そんな思いを胸に渦巻かせながら部屋を見回したところで、濡《ぬ》れ縁《えん》を伝う足音がした。

「千玄院さまのお越しにございます」

年寄が告げた。野点《のだて》の時、涼之進を叱《しか》りつけた女だ。涼之進は背筋を伸ばし、両手をついた。やがて、ふんわりとした空気が漂ったと思うと衣擦《きぬず》れの音がし、上座で着席する気配がした。

「苦しゅうない。面を上げよ」

優しげで品のある声だ。

「沢村涼之進にございます」

涼之進は面を上げた。千玄院は豆腐のように白い肌、切れ長の目、品と威厳を保った顔立ちである。年は四十路《よそじ》の半ばといったところか。

「沢村か、殿の側近くに仕えるようになったとか」

千玄院は穏やかな口ぶりである。

「日々精進しております」

涼之進が言った時、茶と羊羹《ようかん》が運ばれて来た。

「遠慮せずともよい」

千玄院は涼之進に勧めた。

涼之進は千玄院の威に気圧《けお》されまいと、羊羹を食べ茶を飲んだ。ちらっと横を見ると、年寄は正面を向いたまま口を真一文字に結んで黙っている。

「本日、わたくしへの用向きとは？」

千玄院は余裕の笑みすら浮かべていた。

「本日は千玄院さまへお願いがございましてまいった次第でございます」

涼之進が言うと年寄はぴくんと頬を引き攣《つ》らせた。

「なんでしょう」

千玄院は笑みをたたえたままである。

「入れ札への関与、おやめいただきたいのです」

涼之進はずばり切り込んだ。

「無礼なことを申されるな」

たちまち年寄が金切り声を上げた。涼之進が視線を向けると千玄院は、

「萩山《はぎやま》、控えよ」

と、やんわりと制した。

「畏れ入ります」

涼之進は笑みをたたえた。

「わたくしが入れ札に関わっておると申すのか」

千玄院は春爛漫《らんまん》の穏やかさだ。

「思っております」

ここで引き下がってなるものかと唇を噛《か》んだ。

「はて、どうしてそのようなことを申すのかのう」

千玄院は戸惑う風に眉根《まゆね》を寄せた。

「入れ札のたびに御用方より奥へ使いが走ります。入れ札の結果は奥からの使いが戻って来て決定されるのです。これ、すなわち、千玄院さまがご指示なさっておられるとしか思えません」

するとまたも萩山が目を吊《つ》り上げ、

「沢村殿、言葉が過ぎましょう。何を証拠にそのようなことを申される」

「言葉を改めよと申されるならいくらでも改めます。しかし、これは是非ともお願い申し上げたいのです」

「わたくしは入れ札にあたって指図などはしておりませぬ」

千玄院が認めないことに不安と不満が募る。萩山に言われたように証拠がないのだからどうすることもできない。だが、引くわけにはいかない。

「千玄院さまはかようにおおせです。沢村殿、お下がりなされ」

萩山は厳しい声を出した。

「もう一度、お願い申し上げます。千玄院さま、入れ札への関与はお止《や》めください」

涼之進は声を励ましたが、

「沢村殿、控えられよ」

萩山の声によって遮られた。すると千玄院は、

「わたくしは入れ札への指図をした覚えはありませぬ。しかし、自分の考えは述べておりました」

「それが、お指図というものです」

千玄院はしばらく考えていたが、心当たりがなさそうに小首を傾《かし》げるばかりだ。

「入れ札は商人への無用な出費を抑制せんというものです。御家のためなのです。どうか、千玄院さま、お聞き届けください」

涼之進は畳に額をこすりつけた。しばらく沈黙が続いた。それから、

「わかりました」

千玄院のやわらかな声がした。

「お聞き届けくださいますか」

涼之進は勢いよく顔を上げた。

「そなた、まこと、熱心な男よな。熱いと申しますか……」

千玄院は笑みを浮かべた。

「ありがとうございます」

涼之進はもう一度頭を下げた。

「今後、わたくしは入れ札、商人のことには一切、口を出しません」

千玄院は立ち上がった。春風のようにたおやかな香りが漂った。

誠心誠意を尽くせば、必ず理解が得られるのだ。

「重ねて御礼申し上げます」

言いようのない喜びが広がった。

だが、涼之進の喜びは数日の内に雲散霧消した。

鬼頭から呼びつけられた。御殿の控えの間に入って行くと、鬼頭と木島が待っている。

「大変なことになったぞ」

涼之進が腰を据えるのももどかしそうに鬼頭が口を開いた。その形相を見ればただならぬことが起きたとわかる。木島が同席しているということは入れ札に関することなのだろう。横目で木島の表情を確かめると、いつもの摑《つか》み所のない顔で正面を向いている。

「入れ札に関わることにございますか」

「そうじゃ」

鬼頭は不快な視線を木島に投げた。

「商人どもが支払いを求めてきたのじゃ」

「………」

木島の言っていることがわからない。商人が支払いを求めてくるのは当然である。涼之進の戸惑いの表情を汲《く》み取って、

「通常、商人への支払いは盆、暮と決まっておる。それまでは掛けとしておるわけじゃ」

木島はこんなことも知らないのかという顔をした。

「それが、急に支払いを求めてきたのですか」

鬼頭は苦々しそうに首を横に振りながら、

「入れ札をした商人どもが品物と引き換えに支払いを求めてきた。支払いがない場合は品物を納めないと申しておる。商人どもみなが結託しておるのじゃ。今、藩邸に支払うだけの金子はない。勘定方も弱っておる。かと申して品物が入らぬとなれば藩邸の暮らしが立ちゆかぬ。無理にも納めよと申せば、商人ども御公儀に訴え出よう」

「何故《なにゆえ》そのようなことを申してきておるのです」

「みな、入れ札によって値を下げた。利幅を削ってしまった故、代金の支払いは早め

にしていただきたいというのじゃ」

　木島はいかにも入れ札が災いしていると言いたげだ。そんな非難めいた物言いなどは無視をして、

「ならば、入れ札を行った意味がないではありませんか」

　鬼頭に目を向けたが、鬼頭はかぶりを振るばかりだ。

「わしに言われても困る」

　木島は平然と言い放った。この二人と話していても問題は解決しないと、

「では、行ってまいります」

　涼之進は腰を上げた。

「どこへ行く」

　鬼頭に聞かれ、

「決まっております。商人の所ですよ。わたしにお任せください」

　言い捨てて部屋を飛び出した。鬼頭は舌打ちをし、木島は無表情で正面を見ていた。

十

涼之進は扇屋にやって来た。

佐々木と一緒に面談をした質素な客間に通された。庭から酒樽《さかだる》を積んだり下ろしたりする人足たちの声が聞こえる。その喧騒《けんそう》は扇屋の繁盛《はんじょう》を物語っていた。こんなに儲《もう》かっているのなら、支払いは従来通りでいいだろうと思っていると、

「失礼申し上げます」

三蔵が入って来た。以前会った時と同様、地味な木綿絣《もめんがすり》の着物に羽織を重ねている。

「相変わらずの繁盛だな」

「いいえ、それほどでは」

その目は警戒心を色濃く映し出していた。頭ごなしにこちらの要請を押し付けても拒絶されるだけだろう。

「困ってしまったのだ」

出された茶には目もくれず、弱々しげに肩を落として見せた。三蔵は黙りこくっている。涼之進の腹を探っているのだろう。ここは、腹の中《うち》を開示したほうが良い。

「支払いのことだ。入れ札を行う前は掛けにして盆、暮に支払っておったはず。それが、金と引き換えでないと品物を納めない、と申し越してきたであろう」

三蔵は頬を緩ませたが目つきは厳しいまま、

「いかにも、そのように木島さまにはお願い申し上げました」

「何故じゃ？」

あくまで穏やかに問いかけた。三蔵は追及から逃れるように庭に目をやり、

「入れ札に際しては値引きをしております。以前よりもうんと利が薄くなっておりますす。武芝さまとのおつき合いを考えますと、それも商いの努力と受け止めておりますが、先立つものは確保しておかなくてはなりません。造り酒屋への支払い、廻船問屋への支払い、中々に大変でございます。できる限り、手元に金を持つことは当然のことにございます」

視線を涼之進に戻した。

「それは、わかる。しかし、扇屋ばかりか醬油問屋、油問屋、畳問屋、みな一斉に掛取り引きから代金と引き換えと変更を申し出てまいった。正直申して、藩邸の台所事情を鑑《かんが》み、困っている」

「みなさま、利が薄くなり大変なのです」

三蔵は淡々としたものだ。相手は算盤《そろばん》勘定に長《た》けた商人である。下手な駆け引きは通用しない。となれば、

「頼む。従来の支払い方法に戻してくれぬか」

単刀直入に思いの丈をぶつけた。三蔵は薄笑いを浮かべ、

「手前どもも商人でございます。よい酒を安く仕入れるにはお金が必要なのです」

「それはわかる。わかった上で頼んでおるのだ」

「そのように申されましても……」

三蔵は困った顔をした。

「おまえが承諾してくれれば、それが前例となって他の商人たちも言うことを聞いてくれよう」

「ですが、承諾できることとできないことがございます」

三蔵はやんわりとした物言いながら、断固とした拒絶の姿勢を示した。あまりに正面から挑み過ぎた。多少は揺さぶりも必要というものだろう。

「出入り商人同士で示し合わせをしておるのではないか」

三蔵は意外にもあっさりと、

「示し合わせるとはよき言葉ではございませんが」

奥歯に物の挟まった言い方ながら認める発言をした。こみ上がる不快感を胸に畳み、

「商人同士で徒党を組み、利の回復を狙《ねら》っておるのではないか。つまり、従来のやり方に戻ることを狙っている、と」

「たしかに、以前に戻ればよいと思います」

「ほう、認めるのか」

「しかし、そればかりではございません」

三蔵の目が揺れた。話していいのかどうか迷っているようだ。

「どうした。話してくれ。当家に対して不満があるのか」

三蔵は、「不満はございません」と口ごもってから目をそらした。何かあるに違いない。

「話してくれ、頼む、この通りだ」

涼之進は頭を下げた。

「そのような真似《まね》、なすってはいけません」

「頼む、話してくれ」

なりふりはかまっていられない。米搗《こめつ》きばったのように幾度も頭を下げた。三蔵から本音を聞き出すまでは、断固として動かない覚悟だ。三蔵はしばらく涼之進を見て

いたが、

「沢村さま、わたしはあなたさまを誤解しておったようです」

落ち着いた声を出した。涼之進は動きを止め、

「それは、どういう意味だ」

「お屋敷であなたさまは殿さまへ胡麻《ごま》擂《す》りをしているお方とお聞きしました。わたくしはあなたさまをもっと薄情なお方、殿さまの威を借りた驕《おご》ったお方と思っておったのです。それが、わたくしのような商人風情《ふぜい》にも平気でご自分の胸の内を開かれる。実にまっすぐなお方とお見受けしました。あなたさまが本音を申される以上、わたくしも正直なお話をさせていただきましょう」

三蔵の表情は一変していた。険しさが消え去り、柔らかな笑みをたたえている。三蔵が胸襟《きょうきん》を開いてくれたのは喜ばしいが、問題はこれからである。一体、何を語ろうというのか。涼之進の警戒心を裏付けるように三蔵は再び表情を引き締めた。

「千玄院さまの老女萩山さまから書状が届いたのです。そこには、千玄院さまがご実家対馬藩に金銭面の援助を断られたとしたためてありました」

「それがどうしたのだ」

「武芝さま御家中へは宗さま御家中より、毎年多額の金子の援助があることはわたく

しども商人の間では公然の秘密でございます。それ故、わたくしどもも安心して掛売りを行っておったのでございます」

「それがなくなってみれば、掛売りは御免こうむりたいと申すのだな」

得心がいった。想像以上に千玄院という存在の大きさに身震いした。

「ですので、これからは金子と引き換えにということとさせて頂きたいのでございます」

三蔵は申し訳なさそうに頭を下げた。

「事情はわかった。わかってみれば無理からぬこと。この場で無理強いをすることはできんな」

千玄院のたおやかな顔がまざまざと浮かんだ。

十一

弥生晦日《やよいみそか》の昼下がり、商人への支払いに対する方策が立たないまま、涼之進は政直の呼び出しを受けた。茶室で待っているという。足取りは自然と重くなる。にじり口から身を入れると、

していた。

「これは……」

感嘆の声を上げた。千玄院がいたのだ。千玄院は政直が点《た》てた茶を微笑《ほほえ》みながら喫していた。

「千玄院殿が是非、涼之進と茶を喫したいと申されてな」

「それは、恐悦至極に存じます」

正直、戸惑うばかりである。千玄院にとって自分は目障《めざわ》りな新参者に違いない。それをこのような席に招くとは、自分を丸め込もうとしているのか。それとも、政直の前で糾弾しようというのか。果たして、

「戸惑っているのでしょうね」

千玄院は涼之進の心の中を見透かしたように口を開いた。そう問われたからには、忠義面《づら》をしていることはない。

「正直申しまして、戸惑っております」

涼之進の率直さに千玄院はおかしそうに肩を揺すった。

「あなたと話をしたくなったのです」

「それは、どのようなことでございますか」

「扇屋から文が届きました。あなた、扇屋に行ったそうですね」

「はい、行きました」

「文で三蔵はあなたのことを誉《ほ》めておりましたよ」

「誉められるようなことをした覚えはございませんが……」

「腹黒さのないとても真《ま》っ直《す》ぐなお方だと記してありました」

政直が笑い声を上げた。どう返事をしていいのかわからない。

「今回のあなたの働き、わたくしもとても評価します。ですが、不満を申せば心が感じられませんでしたね」

その言葉は胸に突き刺さった。

「商人への出費を減らすため、入れ札にするという考えはいいのです。入れ札に参加させる商人を揃《そろ》えるために、あなたが払った努力も評価しましょう。ですが、当家へ出入りしておる商人どものことを考えたことがありますか。商人たちのことをどれだけ知っていますか。あの者どもがどれだけ当家に尽くしているか、存じておりますか」

言葉を返せなかった。

「あなたは、ただ、帳面の数字だけを見て値を削ることばかりを優先させましたね。それでは、商人たちはついてきてくれませんよ」

「千玄院さまのお言葉、胸に深く刻まれましてございます」

嘘偽《うそ》りのない気持ちだった。

千玄院はわずかにうなずくと政直に、

「結構なお手前でした」

言葉をかけ茶室を出て行こうとしたがふと涼之進を向き一言漏らした。

「あなたは少々暑苦しいですよ」

「はあ……」

言葉の意味を探ろうとしたが、千玄院は涼之進の返事を待たず茶室を出た。

千玄院は自分を丸め込もうとも糾弾しようともしなかったが、完全に打ちのめされてしまった。それでも、胸は温かい。茶室はほんわかとした空気が漂っている。

「涼之進、これを飲め」

政直が茶を点てた。

「今回はとんだ失態を致しましてございます」

涼之進は両手をついた。

「余も悔い改めさせられたわ。支払いを減らすことにばかり頭を向けておった。千玄院殿の申されたこと胸に応《こた》えたぞ。もっとも、千玄院殿にうまくしてやられたのかもしれんがな」

政直は薄く笑った。

千玄院は宗家から資金援助が再開される、と商人たちに書状をしたためるという。これで、支払いは従来通り掛けとなる。入れ札は当分見合わせとなった。

「ま、商人どもも努力を重ねて、従来より値を下げると申しておるようじゃ。一割方は削減となりそうだと木島が申しておった」

「申し訳ございません。殿にお約束した削減額に遥《はる》かに及びません」

「もう、よい。余がことを性急に運び過ぎたということじゃ。それに、いつまでも宗家の援助をあてにしているようでは駄目だとはっきりわかった。自立できるようにせねばな」

政直は目に決意の炎を立ち上らせた。

「御意にございます」

涼之進は茶を飲み干した。政直の心の内を映したように苦い味わいがした。

茶釜《ちゃがま》がぐつぐつと煮えたぎっていた。

十二

月が代わって卯月《うづき》の三日、涼之進は非番となった。

一日、暇を持て余すわけにはいかないと、樋川道場で汗を流した。あいにくと、誠之助の姿はない。それはいいのだが、肝心の美鈴も見かけなかった。どこへやら、お使いにでも行っているのか、それとも参詣《さんけい》にでも足を伸ばしたのか。

勇んでやって来たというのに、なんだか損をしたような気分のまま帰途についた。八丁堀の楓川《かえでがわ》沿いに歩いていると、しばらくぶりで平原主水を誘い、一杯飲もうかと思い立った。川面《かわも》に伊勢桑名藩松平越中守《えっちゅうのかみ》の広大な上屋敷から覗《のぞ》く見越しの松が映り込み、荷船が立てる小波《さざなみ》が越中橋の橋桁《はしげた》にぶつかっては割れていた。

八丁堀同心の組屋敷町に足を向けようとした時、目の前に見覚えのある男が歩いている。地味な黒地の小袖《こそで》に袴《はかま》姿の侍、樋川道場の門人木村作之助《きむらさくのすけ》である。

「木村殿」

遠慮がちに声をかけると、

「貴殿は……。沢村殿でしたな」

木村は目をしばたたいた。

「どうです、ご一緒に一杯飲みませんか」

頭の中は酒を飲むことで占められていたため、その言葉が自然と口から飛び出した。

「いや、拙者は」

木村はかぶりを振った。

「よいではありませんか」

さらに誘いをかけても木村は困ったような顔をするばかりだ。

「いや、それがその」

懐《ふところ》具合を気にしている木村を強引過ぎるかと思ったが、せっかく外出したのだ。今日は外で飲みたい。

「おごりますよ」

引っ張るようにして本八丁堀一丁目の横丁にある煮売り屋に入った。大きな鍋《なべ》にこんにゃくやはんぺん、大根などを煮込んでいる。それを肴《さかな》に酒を飲む安いだけが取り柄の店で、それを示すように店内は縁台が無造作に並べられている、殺風景な空間となっている。既に、職人や行商人、更には浪人風の男たちが数人、酒を飲んでいた。酒も清酒ではなく濁り酒である。それでも、酔えればいいだろうと人々が集まって来る。

「さあ、遠慮なくどうぞ」

涼之進は縁の欠けた丼《どんぶり》に煮しめを入れ、自分と木村の間に置いた。二人は並んで腰をかけた。

「酒も飲んでくださいね。わたしは独り身ですから、これくらいはどうにでもなります」

木村は小声で、「かたじけない」と猪口《ちょこ》代わりの椀《わん》を受け取った。

「木村殿はまこと、稽古《けいこ》熱心でございますね」

「いえ、それほどには」

「相模の戸塚藩であられたとか」

戸塚藩は二年前、幕府に無断で陣屋を修築したことを咎《とが》められて改易となった。

「普請《ふしん》方におりました」

「気の毒なことでした。御公儀も情け容赦のないことをなさったものです」

涼之進が言うと木村は憚《はばか》るような視線を周囲に走らせた。

「大丈夫です。誰も聞いてはいないですよ」

「先例もございますし」

「福島正則《まさのり》ですか。それにしても、福島正則は今から二百年も前のことです。まだ、戦国の風土が残っておった頃ですぞ。それが、この泰平の世に……」

涼之進は言っている内に感情を高ぶらせてしまった。

「まあ、それくらいに」

木村は居心地悪そうに尻《しり》をよじった。

「ところで、木村殿はお身内は？」

「妻と子が二人おります。息子と娘です。男は十二、女は九つですな。浪々の身となって、妻には迷惑をかけております」

妻は針仕事の内職を行っているそうだ。

「それに、わたし自身も時折、商人の手伝いをしております」

木村は戸塚藩に出入りしていた材木屋の帳面付けの手伝いをしているという。

「ご苦労なさっておられるのですね」

「一日も早く、仕官の口を見つけぬことには、暮らしは立ち行きませぬ」

木村は酒が進むにつれ、愚痴が多くなった。

「木村殿ほどのお方ならいずれかの藩からお声がかかりますよ」

「そんな簡単にはまいりません。気休めはやめてくだされ」

酔いが回ったのか木村はからみ口調になった。これはまずいと、早々に切り上げることにした。木村は縁台から腰を上げると身体《からだ》をよろめかせた。

「しょうがない。おいが誘ったとたい」

涼之進は木村をおぶった。


木村の自宅は本八丁堀四丁目の長屋にあった。幸いなことに藩邸からは程近い。長屋の木戸を潜《くぐ》り、路地を入ると子供たちの声が聞こえた。

「これは、すまない」

背中で木村のあくび雑じりの声がし、涼之進の背中からもぞもぞと降り立った。

「迷惑をかけてしまいました」

木村は丁寧な物言いで頭を下げた。

「なんの、無理に誘ったのはわたしですから」

涼之進は、「では」と立ち去ろうとしたが木村は、

「世話になったのです。茶の一杯も、と申しましても茶などなし。白湯《さゆ》で勘弁願うことになりますが」

今度は涼之進が遠慮した。

「まあ、よいではござらんか」

木村は涼之進の返事を待たず路地を進んだ。足取りはしっかりとしている。むげに引き返すこともできず、そのまま後を追った。木村の家は九尺二間の棟割《むねわり》長屋の中ほどにあった。楽でない暮らしぶりであるようだ。

木村は腰高障子に向かって、

「戻ったぞ」

足音が近づいて来て、障子が開かれた。

「父上さま、お帰りなさいませ」

幼い娘が丁寧な挨拶《あいさつ》をした。煮売り屋で聞いた九歳の娘に違いない。娘はすぐに涼之進に気づき、

「いらっしゃいませ」

「お邪魔いたす」

胸の中が温かくなった。

「さあ、入られよ」

木村に促され足を踏み入れると、妻と男の子が見えた。妻は涼之進に頭を下げ、繕いの内職の手を止めた。男の子は片隅の木箱の上の本を読んでいたのを、

「いらっしゃいませ」

丁寧な挨拶に代えた。木村の躾《しつけ》ぶりがわかる。

「樋川先生の道場で共に修行しておる沢村殿だ。肥前諫早藩武芝家で殿さまの御用人をお務めじゃ。この若さで大した御仁だぞ」

「そんな大したことはなかと」

つい、お国訛《なま》りが出た。子供たちは好奇に満ちた目で涼之進を見上げた。木村は上がり框《がまち》に腰を下ろした。すぐに、娘が桶《おけ》に水を汲《く》んできた。

涼之進は土間に立ったまま頭を掻《か》いた。その様子がおかしかったのか娘はくすりと笑った。それをたしなめるように、妻が目を向けた。

一家四人にとって九尺二間の棟割長屋はいかにも狭苦しいが、寒々としたものではない。そこには確かに一家団欒《だんらん》といったものがあった。

「沢村殿、上がってくださない」

木村に言われたが、

「また、改めてまいります」

涼之進はそのまま表に飛び出した。

貧しい暮らしには違いないだろうが、木村の家にはなんとも言えない居心地の良さ、暖かさが漂っていた。子供たちの笑顔があり、貞淑な妻がいる。

これが人の暮らしというものだ。ふと、国許《くにもと》に残してきた祖母と両親、それに妹と弟を思った。

懐《なつ》かしさで胸が一杯になった。

第四章　同門のよしみ

一

その騒動が起こったのは、若葉が匂《にお》う初夏のある日、卯月《うづき》十日の昼下がりのことだった。

非番のこの日、涼之進が長屋の六畳間で国許《くにもと》の家族への文をしたためていると表が騒々しくなった。酔っ払いの喧嘩《けんか》かとやり過ごそうとしたが、大名の上屋敷でそのような不始末があるはずはない。不安が的中したように人の声が大きくなった。堪《たま》らず長屋を飛び出した。騒ぎは長屋門で起きているようだ。門を叩《たた》く音と門番の声が騒ぎの元とわかった。足早に近づき、

「どうした」

「ええ、それが」

門番が困った顔をする間にもどんどんと門を叩く音は止《や》まない。涼之進は潜《くぐ》り戸を開け、外に出た。髪を振り乱し、肩から血を流した武士が立っている。抜き身を手に必死の形相で立ち尽くすその姿は壮絶な様相を呈していた。

そして、その侍は相州浪人木村作之助……。

樋川源信道場の門人だ。同門の木村に、「どうしたのですか」と聞く暇もなく、複数の侍が追って来た。傷ついた木村を背中に庇《かば》い、武士たちの前に立った。

「多勢で一人とは卑怯《ひきょう》たいね」

侍たちの一人が、

「引き渡してもらおう」

「一人、二人、三人……。全部で五人か」

相手を指差しながら人数を数え上げた。

「いいから、渡せ」

侍たちは眉《まゆ》を吊《つ》り上げ、威圧してくる。涼之進も声の調子を上げ一喝する。

「五人で一人を相手にするとは武士道に反するではないか」

木村を背後に庇ったまま侍たちを威圧する。一人が飛び出し刃《やいば》を向けてきた。涼之進は大刀を抜くと横に掃《はら》った。相手の髷《まげ》が宙に舞い上がった。

「おのれ」

相手は月代《さかやき》に手をやった。仲間が、「桜井」と心配げに呼ぶ。髷を失った桜井は涼之進を睨《にら》んだまま動かない。涼之進は大刀を鞘《さや》に戻し木村と共に潜り戸から邸内に入った。桜井たちは涼之進を睨んでいたが、そのまま後ずさりすると踵《きびす》を返して走り去った。

「かたじけない」

木村の囁《ささや》きがした。事情を確かめたかったが、まずは傷の手当が先決である。木村を番小屋へ連れて行きながら番人に医師を呼ぶよう言いつけた。番小屋に入ると畳敷きに木村を横たえた。

「かたじけない。沢村殿、迷惑をかけてしまった」

木村は事情を話そうとしたが、蒼《あお》ざめた顔を見れば無理をさせることは禁物と判断し、それ以上しゃべらないようきつく言い、門番に布団《ふとん》を敷かせて寝かせた。木村が大人しく身を横たえたところで医師が入って来た。

涼之進は治療の間、外に出ていた。頭の中に木村の身を案ずる気持ちと何があったのだという疑問が渦巻く。医師が治療を終えたところで、事情をたしかめるべく中に入った。

　この時代、往来で武士同士が刃傷沙汰《にんじょうざた》に及んだ時、多勢に無勢という場合には往々にして武家屋敷に逃げ込むことがあった。逃げ込まれた屋敷は武士道上匿《かくま》うことが慣習化している。但《ただ》し、逃げ込む先として老中、若年寄、寺社奉行、町奉行、勘定奉行、大目付、目付といった公儀の重職、要職にある者の屋敷は避けられた。政治問題に発展することが考慮されたのだ。

　木村は出血が見られたため重傷と思われたが、意外と浅手ですんだようだ。右の二の腕と右足の大腿部《だいたいぶ》に刀傷を負っていたため、傷口が縫われた。

「とんだ再会ですな」

　涼之進の姿を見ると木村は上半身を起こそうとしたので、「そのまま」と声をかけてから枕元《まくらもと》に座った。

「ご迷惑をおかけした」

　木村は詫《わ》びるように顎《あご》を引いた。

「多勢にて追っ手をかけられた武士を匿うは、武士道の定法でござる。ましてや、木村殿とは同門の好《よしみ》ですぞ。どうか、お気づかいなく。それより、事情をお聞かせくださされ」

木村は礼の言葉を述べてから、思いの外、しっかりした口調で語り出した。

「この先の縄暖簾《のれん》でからまれたのです」

木村は一人で飯を食べていた。そこへ、先ほどの侍たちが入って来た。侍たちは昼間というのに赤ら顔で酒臭い息を発していた。酔った勢いで木村を見てからかい始めた。木村は関わりになることを恐れ、外に出た。

ところが酔った侍たちはしつこく、往来で切りかかられた。

「拙者、沢村殿ならばご存じと思うが、こっちの腕は一向に上達しませんで」

木村は苦笑を浮かべながら刀を振るう真似《まね》をした。実際、木村はお世辞にも剣が達者とは言えない。そもそも、樋川道場に入門したのも仕官の口を求めるに、未熟な剣では無理と判断してのことである。

「卑劣な奴《やつ》らだ。相手はどこの家中の者たちですか」

「さあて、なにせ行きずりの上でのことですから」

木村は舌打ちをした。

「相手がどこの家中か気になるところですが、非は向こうにある。傷が治るまでゆるりとされよ」

「ですが、いつまでもご厄介になるわけにはまいりません」

木村は上半身を起こしたものの、痛みが走ったのか顔をしかめた。

「無理はなさってはいかん。それにしても、いくら酔っていたとはいえ、よってたかって一人をこのような目に遭わせるとは、武士の風上にも置けぬ者どもです」

憤《いきどお》りがこみ上げる。

「わたしもいけなかったのです。さっさと、立ち去ればよかった」

「そんなことはない。木村殿に非はありませんよ」

怒りから断固とした口調になった。

「しかし、ご厄介になるというのはどうも気が引けますなあ」

「先ほども申しましたが、多勢で追っ手をかけられた武士を匿うことは武士道の定法。何度も申しますが貴殿とは同門の間柄。匿わない方が武士ではござらん」

涼之進の断固とした物言いに木村は目を潤《うる》ませた。

「とは申せ、お身内が心配なさるといけません。わたしがお宅にまいりましょう」

「重ね重ねかたじけない」

すっかり恐縮の体の木村に向かって気になさるなと手を横に振り、「養生なされよ」と腰を上げた。

番小屋を出たところで佐々木が顔を引き攣《つ》らせて走り寄って来た。

る。

「また、とは失礼たい」

涼之進の機嫌を損なったことも気にするゆとりはないのか佐々木はかまわずに続ける。

「また、騒動ですか」

「浪人者を匿われたとか」

「匿った。相手は五人、こちらは一人、藩邸に駆け込まれた以上、匿うのは武士道の定法たい。なんも悪かことはなか」

「それは、そうでしょうが」

佐々木は不安そうである。だが、相変わらずの暢気《のんき》な顔つきのため、一向に危機感が伝わってこない。理はこちらにある以上、佐々木の心配は取り越し苦労というものだ。

「おいはこれから木村殿、木村作之助いうのが浪人者の名前だが、その木村殿のご妻女の所へ行ってくる。しばらく留守にするから、おまえ、木村殿の面倒をみてやってくれ」

「わたしがですか」

佐々木は呆《ほう》けた顔をした。

「そうだよ」

言うや、「逃がすものか」と佐々木を番小屋に引っ張り込み、

「木村殿、この佐々木が貴殿の面倒をみます。遠慮なく申されよ」

と、明るく言い放った。

「それは、困ります……」

佐々木は抵抗を示したが、

「木村殿、遠慮なく」

涼之進は押し付けるように言い、大股《おおまた》で番小屋を出た。

二

「ええっと、たしか、この辺りだったぞ」

本八丁堀四丁目の長屋の所在近くにやって来た。米問屋蓬萊屋《ほうらいや》が家主となっている長屋は周囲を大店《おおだな》の蔵が囲んでいるせいで相変わらず日当たりが悪く、風通しも悪そうだった。

長屋の木戸に立った。

妻雅恵や子供たちの顔が思い浮かぶ。無用の心配をかけないように伝えねば、と思案し、所々、穴の開いた溝板《どぶいた》を踏み抜かないよう気をつけながら路地を奥に向かった。日が差さないため、路地にはじめりとした空気が淀《よど》んでいる。すえたような臭《にお》いが漂い息を詰めざるを得ない。木村の家は九尺二間の棟割《むねわり》長屋の真ん中である。

「御免、失礼申す」

声を放った。腰高障子の破れ目から雅恵が近づくのがわかった。

「はい、どちらさまで」

雅恵の声は大きくはないが明瞭《めいりょう》なため聞き取りにくくはない。

「樋川源信先生の道場でご主人と同門の沢村涼之進です」

動揺を与えまいと普段通りの声を出した。

すぐに腰高障子が開いた。雅恵は以前と同様みすぼらしい着物を着、化粧気のない顔だが、どこか気品を感じさせる。楽な暮らしではないだろうが、武士の妻としての矜持《きょうじ》を失っていない。その顔を見ればほっと安堵《あんど》した。

「突然の訪問、失礼致します」

「どうぞお入りください」

雅恵はうつむき加減に言うと涼之進を中に導いた。涼之進は大刀を鞘ごと抜き右手に提げて身を入れた。

「申し訳ございません。とり散らかっております」

土間を隔てた四畳半の板敷きには筵《むしろ》が敷かれ、たくさんの着物が重なっていた。雅恵は相変わらず繕いの内職をして、家計を支えているようだ。

「急な訪問です。どうか、気になさらず」

雅恵は急いで繕い物を部屋の隅に片付け、涼之進を導いた。部屋に上がり、威儀を正してから木村が酒に酔ったどこかの藩士たちから怪我《けが》を負わされ、諫早藩邸に匿われていることを話した。雅恵は顔をくもらせ目を泳がせていたが動揺を表に出すまいとでもいうように両手をついた。

「お手数をおかけしました」

だが、いきなり夫が怪我をした上に諫早藩邸に匿われていると聞けば、不安にさいなまれずにはおられないだろう。ここは安心させなければならない。

「ご心配には及びません。木村殿の傷は浅いものです。しばらく養生すれば直に回復なさるでしょう。ただ、相手はたちの悪い連中のようですから、木村殿のことを付け狙《ねら》ってくるかもしれません。よって、念のため藩邸にお留まりいただいております」

「それはそれは、重ねてお礼申し上げます」

雅恵は気丈にもしっかりとした口調だ。

「心配御無用にござる。わたしにお任せください」

涼之進は胸を叩《たた》いて見せた。

「ですが、沢村さまにご迷惑が及ぶのではございませんか」

「そのようなことはございません。多勢に追っ手をかけられた武士を匿うは武士道の定法。ましてや、駆け込まれたのは木村殿。共に樋川先生の薫陶《くんとう》を受けし者です。迷惑どころか、匿わねば武士として、一人の男として、恥ずかしきこと、どうか、お気づかいなく」

涼之進は雅恵の不安を払拭《ふっしょく》すべく自信に満ちた物言いをしたが、

「主人は何故そのような争いに巻き込まれたのでしょう。相手の方々に何か無作法を働いたのではないでしょうか」

雅恵の心配は拭《ぬぐ》えない。ここは、はっきりと木村に非がないことを明確にしておくべきだ。

「相手方は酔っ払っておったのです。木村殿に言いがかりをつけて刃傷沙汰に及んだ。しかも、相手方は五人です。武士にあるまじき者どもです」

「まこと、主人に落ち度がなければよいのですが」

雅恵は尚《なお》も不安そうである。

「ご心配には及びません」

雅恵の心配を一掃するように明るく微笑《ほほえ》んだ。それでも晴れない表情の雅恵に涼之進の方が心配になった。

「いかがされたのです」

「あの、その」

雅恵は言い辛《づら》そうである。

「腹に仕舞われていることとお聞かせください」

「実は、主人はお酒が入りますと……」

雅恵の言いたいことはわかった。

「木村殿、酒癖が悪いと申されるのか」

以前、煮売り屋で酒を酌《く》み交わしたことが思い出される。その後、木村が一人で酔い潰《つぶ》れているのを目撃もした。

「お恥ずかしいことなのですが」

雅恵はうつむいた。

「今日に限って申せば、酒臭くはなかったです。飲んではおられなかったでしょう」

涼之進は首を横に振った。

「ですが、主人はほんの少々のお酒でも、すぐに酔ってしまうというか、酒に飲まれてしまうというか」

雅恵はこのところの木村が酒浸りとなり、益々《ますます》酒癖が悪くなっていることを語った。

「酔った口調ではござらなかった」

「そうだとよいのですが、ひょっとして相手方のみなさまにご無礼な振る舞いや言葉を投げかけたりしたのではないかと……」

「そのようなことはござらん」

根拠はないがそう断言した。

それでも、雅恵の憂慮は晴れそうもない。

「では、ご主人は責任をもってお預かり致します。ここは、一旦《いったん》、藩邸に戻ることにした。ところで、お子たちは健《すこ》やかであられますか」

「京太郎は剣術道場に稽古《けいこ》に行っております。君江は手習いにまいっております」

雅恵は子供たちに話題が及ぶといくぶんか表情を緩ませた。

「それはよかった。では、お二人にもよろしくお伝えください」

そう言うと雅恵に心配するなと笑顔を残し、家を出た。

「ま、大丈夫さ」

だが、事は涼之進の楽観とは反対の方向へと動いて行った。

藩邸で涼之進を待ち構えていたのは思いもかけない報《しら》せだった。長屋門の潜《くぐ》り戸を潜ったところで、

「大変なことになりましたぞ」

佐々木が蒼い顔で待っていた。

「おい、また、大変か」

佐々木の泡を食ったような顔におかしみがこみ上げたが、佐々木は大真面目《おおまじめ》にすぐに書院に行けと言う。わざとあっけらかんとした顔で御殿の玄関に入った。廊下を進み、書院の襖《ふすま》に行き着いたところで、

「御免、失礼申し上げます」

すぐに障子が開き浜田勘三郎が顔を出した。

「早く入れ」

浜田の落ち着きのない態度を見れば、佐々木が言ったように大変なことが起きたようだ。

「失礼致します」

涼之進はあくまで、いや、無理にのんびりとした表情で中に入った。

「おお、待ちかねたぞ」

鬼頭が涼之進に向き直った。政直は無言で目だけを向けてくる。

「何事にございますか」

涼之進はみなを眺め回した。

「おまえが助けた浪人のことだ」

浜田は大きな声を出した。

「木村殿がいかがしました」

涼之進は政直を見た。政直は無表情で浜田を促す。

「木村何某《なにがし》を追って来た者ども、いずれの家中と思う」

浜田は涼之進が悪いことでもしたような口ぶりである。

「存じません」

浜田は鬼頭と顔を見合わせ苦笑し合ってから厳しい口調になり、

「御老中松林備前守《びぜんのかみ》さまのご家中だ」

涼之進は一瞬息を呑《の》んだが、

「ほう、そうでありましたか。ですが、相手が老中であろうと気にすることはございますまい」

「馬鹿者《ばかもの》、口を慎め」

鬼頭は顔を歪《ゆが》ませた。

「ですが、こちらに落ち度はござらん」

「たしかに、落ち度はない、しかしなあ、松林さまの藩邸から木村の引渡しを求めてまいった」

浜田が言った。

「引渡しもなにも、落ち度は松林家中にあるのではござらんか」

涼之進は心外だとばかりに語調を強めた。

「ところが、松林さま側の言い分は違う」

浜田は涼之進を睨《にら》み据えた。

「どう申されておるのです」

「居酒屋で木村の方から言いがかりをつけてきたと申しておるのだ」

木村は居酒屋で酔いに任せ、松林家中の者たちにからんだという。当初は酔っ払いの戯言《たわごと》と取り合わなかったが、あまりにしつこくからんできたためやむを得ず、成敗に及ぼうとしたのだという。

「まさかそのような……」

　松林側の言い分を否定しようとしたが、すぐに木村の妻雅恵の心配が思い浮かんだ。酒浸りの日が続くという木村の酒癖の悪さである。

「まさかではない」

　鬼頭は怒鳴りつけた。その頭ごなしの態度に反論したくなったが、

「まあ、静かにせよ」

　政直が口を挟んだため口をへの字に引き結んだまま黙り込んだ。

「殿、松林家中の言うことが本当なのだとすれば、引渡しに応じないわけにはまいりません」

　鬼頭は政直に向き直った。

「そうです」

　浜田もすかさず相槌《あいづち》を打つ。

「涼之進はどう思う」

　政直は涼之進の顔を見据えた。

「わたくしは、松林側の言いなりになるのはいかがかと思います」

浜田が困ったような顔で、

「おい、そのようなこと」

さらには鬼頭も鼻白んで、

「たかが浪人一人、松林さまに逆らってまでして助けねばならぬことはあるまい」

「そうでしょうか」

涼之進は厳しい目をした。

「意地を張るな」

浜田は宥《なだ》めるような態度だ。

「たかが、浪人一人のことで御家を危うくすることはない」

鬼頭は涼之進を威圧しにかかった。引き下がるべきではない。相手が老中といっても武士の定法を曲げることはない。ましてや、木村は同門なのだ。

「そうでしょうか」

太い眉《まゆ》を動かし、目をぎょろりとさせた。

「おい、何を考えておる」

浜田は負けじと、目を吊《つ》り上げた。

「あえて意地を張ってやったらどうでしょう」

涼之進は政直を見た。たちまち、政直は頰を綻《ほころ》ばせた。

三

「おもしろい」

「殿、なにを申されます」

浜田は泡を食った。

「おもしろいではないか。武家屋敷に逃げ込んだ侍を助けるは武士道の定法だ。なんら後ろ指を指されるものではない。相手が老中であろうとな」

政直は愉快そうに笑った。

「おおせの通りです」

涼之進は我が意を得たりと膝《ひざ》を叩いた。

「愉快じゃ。余も楽しくなってきたぞ」

「いかにも」

涼之進と政直とは対照的に鬼頭と浜田は顔を蒼《あお》ざめさせた。

使いの侍が小走りに廊下を近づいて来た。浜田が用件をたしかめたところ、

「殿、松林さまからの使者がまいりましてございます」

部屋に緊張が走ったが、

「さあ、勝負です。ここは、拙者にお任せください」

涼之進が立ち上がった。鬼頭も浜田も顔をしかめたが、

「涼之進、しかと頼んだぞ」

政直はあくまで明るい。

そんな政直に背中を押されるようにして涼之進は御殿の客間へと向かった。


客間に入ると松林家の使者が待っていた。その使者とは、

「なんだ、貴殿か」

涼之進が驚きの表情を浮かべたように、松林家の用人、そして樋川道場きっての剣客仙石誠之助である。誠之助は黒紋付の羽織に仙台平の袴《はかま》を身に着け整った顔で、

「松林家用人仙石誠之助でござる」

改まって挨拶《あいさつ》してきた。落ち着いた所作、丁寧な中にもその目には厳しさが感じられる。気やすく接するなといった態度であろうか。涼之進も堅苦しい物言いで、「武

芝家留守居役補佐沢村涼之進と申す」と名乗ってから、

「ご使者の口上をお聞かせくだされ」

用件は分かりきったことながらすっとぼけてみせた。誠之助は一向に臆《おく》することなく、

「諫早藩邸に逃げ込んでおります木村何某と申す浪人、お引渡しいただきたい」

「それはできませんな」

涼之進は即座に返した。

「ほう、それはいかなる次第でござる」

「引き渡すことは武士道に反するからでござる」

「いかにも、多勢にて追っ手をかけられた者を匿《かくま》うは武士道の定法、貴殿が申されることごもっともと思うが、木村はわが家中の者どもに許しがたき所業をしたのでござる」

口調は相変わらず滑らかなものだ。

「拙者が木村殿から聞きましたところでは、松林家中の方々に酔った上で言いがかりをつけられ、ついには刃傷沙汰《にんじょうざた》に及んだとのこと」

「それは、一方的に過ぎましょう。木村とて酒は入っておりました」

「それが事実としましても、所詮《しょせん》は酒の席の争いでござる」

「しかし、当家に対する侮辱、許しがたいものがあった」

誠之助は一歩も引くまいという気概をみなぎらせた。

「もう一度申します。所詮は酒の席の争いでござる」

涼之進は負けてはならじと身を乗り出した。

「貴殿はご存じないようですな。木村はご政道批判をしたのですぞ」

正義は我にありとでも言いたげだ。むかっ腹が立ったが、ここは怒っては負けと、

「ご政道批判とは、大袈裟《おおげさ》な」

鼻で笑って見せた。

「大袈裟ではござらん」

誠之助の言葉は冷然としていた。

「いささか、大袈裟ではないですかな」

涼之進は繰り返した。

「大袈裟ではござらん。木村は、わが殿、すなわち御公儀の老中の任にある松林備前守さまの政策を批判したのでござる。むやみと外様《とざま》大名の改易を企てているなどと、申しおったとのこと」

誠之助はこの時ばかりは不快な感情を表に出した。そうすることが、松林家への忠義、おのれの言い分の正しさを物語るが如《ごと》きである。

その通りではないかという言葉はいかに涼之進でも口に出せない。

「貴殿、木村の素性を存じておられるか」

「相州浪人、共に樋川道場で学んでおります」

涼之進は樋川道場を強調した。誠之助は軽くうなずき、

「木村は相模《さがみ》国戸塚藩来生《きすぎ》家中であった。二年前に御公儀によって改易となった御家だ」

来生家は二年前、陣屋の修築工事を松林にとがめられ、改易に追い込まれたのである。それをわざわざ誠之助が持ち出したとなると、嫌な予感が胸をついた。

「木村殿はそのことを批判したと……」

「いかにも。さもわが殿が難癖をつけて改易に追い込んだかのように批判した」

誠之助は口を歪めた。

「あくまで酒席のことでありましょう」

涼之進はこの言葉を繰り返した。

「いくら酒席とはいえ、武士たるものがご政道を批判してよいものか。しかも、松林

家中の人間と知ってのことでござるぞ」

誠之助の物言いは断固としたものである。

「しかし……」

涼之進は口ごもった。

「お引渡しを願いたい」

「それでは武士道に反します」

「どうしても引き渡さぬと申されるか」

誠之助は高圧的な物言いになった。

「渡せませぬな」

引いてなるものか。

「ならば、致し方なし」

「どうされますか」

「わが殿より武芝伊賀守さまに申し出ることになりましょう」

「これを御公儀の問題として取り上げなさるか」

涼之進は目を剝《む》いた。

「それは、武芝家の対応次第でありましょうな」

誠之助は嫌味たっぷりの笑みを浮かべた。

涼之進は唇を嚙《か》んだ。

「武芝家は武士道を取られるか、それとも御公儀での立場を取られるか」

誠之助はほくそ笑んだ。

「試しておられるのか」

「さあて……」

「武芝家を試しておられるのであろう。武芝の武士道とはいかなるものかを」

無言で睨み返してきた。まるで涼之進の対応を楽しんでいるようだ。

「とにかく、引渡しには応じられません」

「承知し申した」

誠之助は思わせぶりな笑みを残し腰を上げた。そして、去り際《ぎわ》に、

「沢村涼之進、武芝伊賀守さまの用人が板についておるではないか」

「いずれ、貴殿とは対決の日がやってくるとは思っていたがこのような形で相見《あいまみ》えることになろうとは……。それに、木村殿も樋川道場であることを思えば、奇《く》しき因縁の三人と申せようか」

「わたしは因縁などと申すものは信ぜぬ。偶々《たまたま》の巡り合わせに過ぎぬと思っておる」

誠之助はさらりと言ってのけ、部屋から出て行った。

「気取りおって」

道場では一本取られたが、この勝負には負けられない。交渉相手が仙石誠之助と知り、益々《ますます》木村を匿い通す決意が固まった。

四

涼之進はその足で番小屋に向かった。番小屋に入ると木村は布団《ふとん》を片付け、部屋の中で正座をしていた。腕を切り裂かれた着物を脱ぎ、涼之進の小袖《こそで》を身に着けている。

「寝ておられよ」

「いえ、もう大丈夫ですから」

その実直で遠慮がちな態度はとても幕政批判を口にするようには見えない。

「ご妻女には事情を話してきました」

「ご面倒をおかけしました」

木村はぺこりと頭を下げた。

「いや、なんの。それより、ちとよろしいか」

涼之進が改まった様子で言葉を発したため木村は背筋をぴんと伸ばした。

「今しがた、松林家中より使者がまいりました。その使者とは、ほれ、樋川道場の仙石誠之助でござる。妙な因縁ですな」

木村の目に緊張が走った。

「貴殿を引き渡せとの要求でござった。当然、わたしは拒絶しました」

木村はうなだれた。

「それはかまわないのです。こちらとしましても、貴殿を引き渡すことは武士道に反すること。そのような真似《まね》はできるものではございません」

「返す返すも、ご迷惑をおかけしました」

「ですから、それはかまわないのです。ただ、気になることがございます」

涼之進はここで言葉を止めた。木村は心当たりがないかのようにぽかんとしている。

「誠之助が申すには、木村殿がご政道を批判したとか。具体的に申せば、ご自分が仕官しておられた戸塚藩を松林さまが難癖をつけて無理やり改易に持っていったと木村殿が言い掛かりをつけた、それで言い争いになったというのです」

木村はうつむいた。

「この際です、そのようなこと、あ、いや、それがもし本当であるとしましても貴殿を引き渡したりはしません。どうなのです。お心当たりござるか」

涼之進は気楽な調子で聞いた。木村はうつむき加減に、

「実は、たしかにそのようなことを申したのです」

涼之進はふっと息を吐いた。

「申し訳ない」

「そのお気持ちはわかる」

「どうも酒が入りますとなんと申しますか、気が大きくなると申しますか」

木村はばつが悪そうに頭を掻《か》いた。となると、誠之助の言い分ももっともだ。これは厄介なことになったものだ。だが、今は内心の動揺を木村に悟られてはならない。

「ま、言ったものはしょうがない」

涼之進は笑った。笑うしかなかった。今更、訂正することはできないのだ。

「そうとなったらご当家に厄介になるわけにはまいりませんな」

「いや、引き渡すわけにはまいりません」

実際、引き渡しては武士道に反する。老中の威光に屈したも同然になってしまう。たとえ、幕府からとがめだてはないにしても、藩主政直の評判は落ち、諫早藩は腰抜けと揶揄《やゆ》されるだろう。きっと、瓦版《かわらばん》が面白おかしく書き立てるに違いない。

「老中を敵に回すことになりますぞ」

木村は今になって怖くなったのか身をすくませた。

「それは当家の問題。木村殿とは関わりなきこと。どうぞ、このままいつまでもいらしてください」

涼之進は言うと腰を上げた。

「本当によろしいのですか」

涼之進は笑顔を見せた。

番小屋を出たところで、再び政直が呼んでいるという。涼之進は心が浮き立っていた。天下の老中を相手に喧嘩《けんか》をするなど侍冥利《みょうり》に尽きるというものだ。足取りも軽やかに廊下を奥に進み、書院に出た。

「失礼致します」

障子を開けると鬼頭と浜田は困った顔をし、政直は期待の籠《こも》った顔をしていた。

「使者の口上いかがであった」

浜田は涼之進が座るのももどかしそうに聞いてきた。

「木村殿は二年前に改易された戸塚藩に属しておりました。いさかいは、その改易が松林さまによる不当な行いであるとのことに腹を立てたものでございます」

涼之進の報告に、

「なんと」

鬼頭は袴を握った。

「これは由々《ゆゆ》しきこと」

浜田は苦渋に満ちた顔になった。

「沢村、これはちとまずいのではないか」

鬼頭が厳しい目を向けてきた。

「そうでしょうか」

「そうでしょうか、ではない」

浜田は舌打ちした。

「しかし、そのことと、追っ手をかけられし者を匿うことは別儀でございます。匿うは、武士道です。引き渡しては何度も申しますように武士道にもとるもの。たとえ相手が老中であろうとも武士道は曲げられません」

涼之進は敢然と答えた。

「よう、申した」

政直も膝《ひざ》を打った。

「しかし、殿」

鬼頭は気が気ではないようだ。浜田もおろおろと視線を彷徨《さまよ》わせている。

「よい、余が松林殿にしかと申す」

政直は言い切ると鬼頭と浜田を下がらせた。

「まあよい。老中松林備前守《びぜんのかみ》、どんな顔をして余に対するであろうな。楽しみじゃ」

政直は愉快そうに笑い、腰を上げた。ぼんやりとした不安とわだかまりを胸に抱きながら涼之進は両手をついた。

なんとしても、木村作之助は守らねば……。

涼之進が書院を出たところで、鬼頭と浜田が待ち構えていた。二人とも困った顔である。

「まあ、まあ、落ち着かれよ」

涼之進は両手をひらひらと振った。

「おい、おまえ、どうするんだ」

鬼頭は鼻白んだ。

「どうするもなにもないでしょう」

涼之進は平気なものだ。

「まったく、おまえといい」

鬼頭は、「殿といい」という言葉は口に出さなかった。

「ともかく、このままでは相当にまずいことになるぞ」

浜田は怒りを引っ込めない。

「そうでしょうか。まずいことになりましょうか」

「あたり前ではないか」

鬼頭は頭から湯気を立てている。

「では、どうせよとおおせなのです」

涼之進の態度を開き直りと取ったのか、

「なんだ、その物言いは」

鬼頭は正体をなくした。浜田が間に入り、

「今は身内で争っておる場合ではござらん」

鬼頭は舌打ちをして口をつぐんだ。

「ともかく、拙者は寄り合いでいい知恵がないか、談合してまいります」

浜田が言うと、

「木村、勝手に出て行ってくれればいいのだがな」

鬼頭は誰に言うともなく本音を漏らした。

「それはどういう意味でござる」

涼之進はたちまち噛み付いた。

「申した通りのこと」

鬼頭の言いたいことはわかる。災いが降りかかったのだ。それをなんとしても払い除《の》けねばならない。木村が一人で勝手に藩邸を出て行けば武芝家の面目も立つし、松林にも顔向けができるということだろう。

「しかし、それはいかにも卑怯《ひきょう》というもの」

涼之進の言葉に鬼頭は気色ばんだ。

「なにが卑怯なものか。この成り上り者が」

「いかにも、わたしは成り上り者でございます。ですが、武士の矜持《きょうじ》は持っております」

「よう、申したものよ」

鬼頭の蔑《さげす》みに腹が立った。涼之進は横を向いた。

「まあ、まあ」

浜田は呆《あき》れたような顔だ。これ以上ここにいると鬼頭との争いが大きくなると危惧《きぐ》し涼之進は踵《きびす》を返した。

「ふん、勝手にせい」

鬼頭も足音高らかにその場を去った。

涼之進は御殿を出ると番小屋に足を向けた。

「木村殿、入ります」

声をかけたが返事がない。悪い予感がした。

「木村殿」

もう一度声をかけた。またもや返事がないことで最早《もはや》待ってはいられない。障子を開けた。木村は着物をはだけ刀を腹に突き立てようとしていた。涼之進は飛びかかり刀を取り上げた。

「武士の情けでござる」

木村は悲痛な叫び声を上げた。

「やめなされ」

涼之進は刀をつかむと部屋の隅に放り投げた。佐々木が顔を覗《のぞ》かせた。木村の所業に気がつき、佐々木は口を半開きにした。

「いいから、水を持って来い。それから障子を閉めろ」

佐々木はおどおどしながらも言われたとおりにした。

「沢村殿、止め立てご無用にございます」

涼之進は落ち着かせようと肩を叩《たた》いた。

「わたしの不始末によりまして、ご当家に多大のご迷惑をおかけすることになってしまいました」

木村は唇を震わせた。

「そんなことはござらん」

「いいえ、大変なご迷惑です」

木村はすっかりしおれた。

「気をたしかに持ちなされ」

佐々木が丼《どんぶり》に水を汲《く》んで来た。涼之進に勧められ木村は一息にあおった。喉《のど》を鳴らしながら飲み干すと、こくりと頭を下げた。涼之進は手を打った。

「どうしたのです」

佐々木が聞いた。

「木村殿、わたしの家に来なされ」

涼之進はあくまで明るく誘った。

五

「いいえ、これ以上のご迷惑は……」

木村は首を横に振った。

目を離した隙《すき》に木村がまたも切腹を図るのではないかという心配と、よもやとは思うが鬼頭が木村に危害を加えるのではないかという恐れを抱いた。木村の戸惑いを他《よ》所《そ》に涼之進は自分の家に匿《かくま》うことに決めた。

「佐々木、もう日も暮れる、飯の用意を頼む」

「わたしがですか……」

佐々木は自分の顔を指差した。

「そうだよ。他に誰がいる」

「はあ」

佐々木は眉根《まゆね》を寄せた。木村が遠慮がちな顔をすると、

「こいつ、これで、料理の腕は中々なのです」

涼之進は笑った。

「と申されても……」

「なんの、気になさるな」

佐々木の代わりに涼之進が答えた。


こうして木村は涼之進の長屋に移った。

「男の一人所帯故《ゆえ》、殺風景なものですが勘弁願います」

木村はひたすら恐縮するばかりだ。

「では、佐々木、頼むぞ」

佐々木はため息を漏らしながら台所に向かった。涼之進は五合徳利を持ち出した。

「あ、いや、それはいくらなんでもいただくわけにはまいりません」

木村は右手を大きく横に振った。

「まあ、いいではござらんか」

涼之進は木村の返事を待たず茶碗《ちゃわん》に酒を注いだ。木村はそれでも遠慮の体を装《よそお》ったが、涼之進に無理強いされる形で、

「では、遠慮なく」

生来の酒好きなのだろう。酒を目の前にすると、とろけそうな顔になった。

「佐々木が料理を整えるまでこれで我慢してください」

涼之進は皿に味噌《みそ》を盛って差し出した。

「かたじけない」

木村は生唾《なまつば》を飲み込むように口をもごもごとさせ茶碗を手に取った。

「では」

涼之進が茶碗を頭上に掲げると木村も合わせる。次いで、茶碗に口をつけ、くいくいと飲み始めた。

「うう」

うまそうに目を細めて茶碗を畳に置く。

「いやあ、いい飲みっぷりだ」

感心したのは涼之進ではなく佐々木だった。

「惚《ほ》れ惚《ぼ》れしますなあ」

涼之進も賞賛の声を送る。

木村は飲み干した茶碗に恨めしげな視線を注ぐ。涼之進が勧めると、木村は今度は遠慮せず茶碗を差し出した。

「ちょっと、待っててくださいね」

佐々木は家を飛び出すと隣の自宅へ飛び込み一升徳利を抱えて来た。

「なんだ、おまえ、酒、持っているじゃないか」

非難の目を向ける涼之進に、

「これは、客人用なのです」

「まあ、なんでもいいや」

涼之進は上機嫌で受け取り、佐々木に料理を急がせた。

「すっかり迷惑をかけてしまいました」

木村の口調はしんみりとしたものになった。

「もう、その話はなさるな」

涼之進は手を振ったが、

「いえ、そうはいきません」

木村の様子がおかしくなった。妙にしんみりしたと思うと目から大粒の涙を流し、浪人暮らしで妻に苦労をかけていることを嘆き始めた。慰めの言葉をかけようとしたところで、

「こんなものですが」

佐々木は鉄鍋《てつなべ》を持ってきた。味噌鍋だった。豆腐や油揚げ、鰯《いわし》のすり身を味噌仕立てにしてある。味噌の香ばしい香りに木村の顔が和んだ。と、思うと、

「まったく、理不尽極まりないのです」

目が釣り上がり、血走らせた。思わず涼之進は佐々木と顔を見合わせた。聞きしに勝る酒癖の悪さである。酒を勧めたことを後悔した。

「まったく、ご老中のやり方はひどい」

木村は非難を始めた。木村は戸塚藩で普請《ふしん》奉行をしていたという。陣屋の門の建て直しはあらかじめ幕府に届けていた。中々、許可がおりなかったが、

「その内です。葉月となり、野分の時節となりましたので普請を急がせようと御公儀に督促したのです。そうしましたら、御公儀からは差《さ》し支《つか》えなしと承ったのです。それを、普請を済ませてから、松林さまが許可をした覚えはないとおおせになって」

木村の顔は悔しさからどす黒く歪《ゆが》んだ。

「それは、ひどい」

涼之進も憤《いきどお》りを覚えた。

「難癖です。とんだ言いがかりだ」

木村は意気軒昂《けんこう》になった。おとなしい木村とはまるで別人である。

「沢村殿、これは、ちと……」

佐々木までもが顔をしかめた。

「まあ、楽しく飲みましょう」

涼之進は言ったが、

「楽しく飲んでおりますぞ」

木村は尚《なお》も愚痴と松林に対する非難の言葉を並べながら一升を飲み干し、やがてごろりと横になると高いびきをかいた。

「やれやれ」

鬼頭と浜田に見られなくて良かったと思った。


明くる十一日、政直は江戸城に登城した。

覚悟を決めていたこととはいえ、松林に呼び止められたのは下城しようとした昼八つ（午後二時）の頃だった。柳の間の控えの座敷に半ば連れ込まれるようにして入れられた。

「伊賀殿、用向きはわかっておられよう」

松林はふてぶてしいとも言えるような傲慢《ごうまん》な物言いである。五尺に満たない小柄な身体《からだ》を大きく見せようとでもいうように胸を反り返らせている。長身の政直はわざと見下ろすように、

「何用でござるか」

「決まっておろう。昨日、当家より申し入れました浪人者の一件でござる」

松林は平静を装い着座すると扇子で目の前を指し座るよう促した。

「ああ、卑怯にも複数の侍がたった一人に追っ手をかけた一件ですな」

政直は皮肉っぽく言い、「どっこらしょ」と腰を下ろした。松林の顔に影が差したが、感情の爆発を押さえ込むように咳払《せきばら》いをすると、

「いや、それについては誤解があるようじゃな」

「誤解、と申されますと」

政直は眉を顰《ひそ》めた。

「昨日、当家から使者を遣わし、事情を説明申して浪人者の引渡しを要求したはずだが」

松林は険のある物言いになった。政直はしばらく視線を泳がせていたが、

「そう申せば、まいりましたなあ」

とぼけた言い方に、

「話をお聞きではないのか」

松林は不機嫌さを声に滲《にじ》ませた。

「聞き申したが、大した口上ではないと聞き流しました」

「これは、したり」

松林は心外だとばかりに目を剝《む》いた。

「たとえ、どのような事情があれ、多勢に追っ手をかけられし者を匿うは、武士道の定法でござれば、引き渡すことはできませぬ」

政直の堂々とした物言いに松林はしばらく黙り込んでいたが、

「なるほど、もっともなお言葉」

と、一応は政直の顔を立てる素振りを示した。

「では、話は済んだということで」

政直が腰を上げようとしたところで、

「まあ、お待ちあれ」

松林は扇子で畳を示した。その芝居がかった仕草は滑稽《こっけい》ですらあったが、それを表情に出すわけにもいかず、無表情になり、

「はあ？」

松林の癇《かん》に障《さわ》るような聞き方をした。

「くだんの浪人者、木村何某《なにがし》は畏《おそ》れ多くも幕政を公然と批判した者にござる」

「酒を飲んだ上での戯言《たわごと》ではござらんか」

「これは異なことを申される」

松林は大袈裟《おおげさ》に両目を見開いた。

「異なことを申してはおらんですぞ」

今度は政直が語調を強めた。

「木村は御公儀を憚《はばか》らず、ご法度《はっと》の普請を行い、改易となった戸塚藩の浪人でござる。しかも、その普請の責任者たる普請奉行を務めていた男。その男が、己が藩の所業を無視して御公儀を非難するとは言語道断と申さずしてなんであろう」

松林は頭から湯気を立てんばかりの勢いだ。

「それはそれ、でござりましょう。木村を匿うは武士道でござる」

政直も負けていない。

松林は顔を真っ赤にし、目を剝いた。

「当家には関わりないと申しておる」

「関わりないとは何事か」

「当家はあくまで多数の追っ手をかけられた者を武士道の定法により匿ったにすぎませぬ」

政直はこれまでの論法を繰り返す。

「そうであるか、あくまでそう申すか」

「はい」

「断固としてそう申すのじゃな」

松林の声は震えていた。

「引き渡すつもりはございませぬ」

政直は傲然《ごうぜん》と言い放った。

「念のためにもう一度問う。断固として引渡しはせぬ、と申すのだな、武芝伊賀守《いがのかみ》」

松林は老中の威厳を示すように高飛車な物言いに出た。

「はい、お引渡しはできかねます」

政直は視線をそらさず答えた。

「わかった。諫早藩の所業、御公儀に逆らうものである」

「御公儀に逆らうつもりはござらん。あくまで、武士道の定法を貫く所存でござる」

「不埒《ふらち》なことを申すものよ」

「不埒とは聞き捨てにできませぬなあ」

政直は語気を荒らげた。顔は蒼《あお》ざめこめかみには青筋が立っている。堪忍袋《かんにんぶくろ》の緒が切れたようだ。

「不埒を不埒と申してなにが悪い」

松林はどす黒い顔をした。最早《もはや》、二人は喧嘩《けんか》腰となった。

「それでは、武士道を捨てよと申されるか」

「そのようなことは申さぬ」

「木村殿を引き渡せとはそういうことではござらんか」

「木村は御公儀に逆らう者と申しておるのだ」

「ですから、それは当家には関わりないこと」

「どうしても主張を曲げんか」

松林は呆《あき》れたように吐き捨てた。

「武士道を曲げては武士ではなくなりますからな」

「御公儀に逆らってまでもか」

「逆らうつもりはござらん」

「そなたとは百年言い争っても決着はつかぬようだな」

松林は立ち上がった。

政直はそれをほくそ笑みながら見送った。

六

その頃、涼之進は平原主水を訪ねていた。平原は羽織、袴《はかま》の涼之進を眩《まぶ》しげに見ながら、

「涼さん、見るたびにご立派になられますね」

平原の言葉をからかいと受け取り、つい苦笑を漏らしてしまう。

「ふん、立派でもござらん」

涼之進は平原と連れ立って神田三河町の茶店に入った。

「どうしました」

平原は涼之進の気持ちを察するように聞いてきた。

「瓦版屋《かわらばんや》を紹介して欲しいのだが」

「瓦版屋？　面白そうなネタでもありますかい。紹介するのはいいですが、できまし

たら涼さんは一緒に行かないほうがいいですね」

　平原は気づかってくれた。

「そうかな」

「ええ、今の涼さんは諫早藩に籍を置いていらっしゃる。しかも、御留守居役だ。瓦版なんて下世話なものに直接かかわらないほうがよろしいですよ」

「おいはかまわんとたい」

　言ったが浜田や鬼頭の赤ら顔が浮かんだ。

「まあ、わたしにお任せください。で、どんな記事を書かせればよろしいんです」

　平原は団子を頬張った。

「実はな、御老中と敵対するかもしれないんだ」

　涼之進は木村の一件を話した。

「ずいぶんと大仰な事になったものですね」

　平原は腕組みをした。

「だからな、瓦版で松林を叩《たた》いてやろうと思っているんだ」

　悪戯《いたずら》っぽく笑った。

「こいつは面白い」

平原も釣られたように笑った。

「なら、頼むな」

涼之進は腰を上げた。


十一日の晩、涼之進は政直、浜田、鬼頭と協議に入った。

「本日、松林殿に呼ばれた」

政直は松林とのやり取りを得意げに語った。

「殿、そのようなことを申されたのですか」

鬼頭はしかめっ面《つら》である。浜田はうなだれている。それに対し涼之進は、

「殿、よくぞ申されました」

と、快哉《かいさい》を叫んだ。が、内心ではこれでいよいよ引けなくなったことを自覚した。政直の気性を考えれば、松林に頭を下げるような真似《まね》は死んでもやらないだろう。そうなれば、最悪の事態、御家改易ということにもなりかねない。自分が蒔《ま》いた種とは言え、事の重大さを実感した。だが、政直は家臣たちの心配をよそに、

「松林め、目を白黒させておったわ」

その場のことが思い出されたのか愉快そうに笑った。

「ですが、これで目の仇《かたき》にされますぞ」

鬼頭はとても笑う気にはなれないと陰気な声を出した。

「そうです。少々、言い過ぎでは」

浜田も政直を向いた。

「武士道を貫いて何が悪い」

政直は険のある顔になった。機嫌を損ねても、浜田は取り繕う気力もないのか黙り込んだ。

「ですが……」

鬼頭は抗議の姿勢を見せたが、言葉が浮かんでこないのか口をもごもごと動かすばかりだ。それに対し、浜田は冷静に言った。

「武士道を貫かれるのはまことに結構でございますが、われらとしては御家を守る手立てを考えねばなりません」

「いかにも」

涼之進はこの時ばかりは浜田に賛同した。

「ふん、調子者めが」

鬼頭は顔をしかめた。

「涼之進、なんぞ、企てたか」

政直は涼之進の態度に直感が働いたと見える。

「実は、瓦版を使ってやろうと思います」

鬼頭は目を剝いたが政直は目を輝かせた。

「松林さまが取り潰《つぶ》した藩の浪人が松林家中と揉《も》め、多勢の追っ手をかけられた、いかにも瓦版が喜びそうな話です」

「瓦版ごときが」

鬼頭は馬鹿《ばか》にしたような声を出したが、

「いえ、瓦版をあなどれません。世上を賑《にぎ》わせれば、松林さまとて無視するわけにはいられません」

「そうじゃ、面白そうではないか」

政直の言葉に浜田が、

「ですが、松林さまを敵に回すからにはそれに備えなければなりません」

「備えねばならんのう」

政直は思案を巡らすように視線を泳がせる。

「このままでは、松林さまは木村を突破口にしてわが藩を追いつめてくることでしょう。考えようによっては、松林さまにとっては渡りに舟です」

浜田の言葉は部屋の空気を重くした。

「そうであろうのう。外様《とざま》改易を進める松林さまにとってはまたとない口実になりそうじゃ」

鬼頭はため息を漏らした。

「いかにする」

政直も浮かれ気分を引き締めるように表情を厳しくした。

「こうなったら、水野出羽守さまに後ろ盾になっていただくことを考えねばなりません」

浜田が進言した。

「水野さまにですか」

涼之進は浜田を見た。なるほど、これは妙案かもしれない。水野出羽守忠成《ただあきら》は松林と互角に渡り合える幕閣の中枢《ちゅうすう》人物だ。さすがは、浜田。伊達《だて》に永年に亘《わた》って留守居役を務めていない。

だが、この妙案もすぐに期待はずれとなった。

「手蔓《てづる》はあるのか」

鬼頭の問いに、

「あいにく……。しかし、なんとかします」

浜田は苦渋に満ちた顔になった。空気はまたしても暗くなる。こうなっては黙っていられない。

「そのお役目、この涼之進にお任せください」

「できるか」

政直に言われ、

「元はと申せば、わたしが木村殿を匿《かくま》ったことに端を発します。わたしにそのお役目おおせつけください」

涼之進は声を励ました。

「よかろう。だが、手蔓は多いほうがよい。浜田も探すのじゃ」

「かしこまりました」

浜田はちらっと涼之進に視線を向けた。その目はどこか挑戦的に見えた。新参者に負けてなるかと明らかに言っていた。

七

翌十二日の昼下がり、涼之進は樋川源信を訪ねた。

門を潜《くぐ》ると美鈴の姿を追ってしまうが、今日は邪念は払わねばならないと自分に言い聞かせ、母屋《おもや》の玄関に至った。すぐに、門弟の何人かが涼之進と気づき懐《なつ》かしげに顔を輝かせた。直《す》ぐに客間に通された。

源信がやって来た。

地味な黒地木綿の着物を着流し、茶の袖《そで》なし羽織に身を包んでいる。

「先生、ご無沙汰《ぶさた》しております」

持参の酒と手土産を置いた。源信はにこりともせず、

「達者そうでなによりだ」

「ろくに顔を見せず、申し訳ございません」

「気にすることはない。忙しいのはよいことだ。それだけ、御家の役に立っておるのだからな」

涼之進は軽くうなずいてから目を伏せた。源信はそれを見逃さず、

「何か問題を抱えておるようじゃのう」

「水野出羽守さまのご家中の方をどなたかご紹介いただきたいのです」

単刀直入に願い出た。源信は躊躇《ためら》う素振りはまったく見せず、

「よかろう。江戸家老の土方縫之助《ひじかたぬいのすけ》殿を紹介しよう」

「ご紹介いただきたい理由ですが……」

「よい」

源信はぴしゃりと返し、武芝家中の御家の事情に立ち入るつもりはないことを言い添えた。

「土方殿は水野出羽守さまの懐 刀《ふところがたな》と評判のご仁ですね」

「いかにも、中々の才人であられる」

源信は土方の才人ぶりを語った。土方は主人水野忠成にとって必要な人脈を形成することに辣腕《らつわん》を振るった。その手腕は水際《みずぎわ》立ったもので、これぞと狙《ねら》いをつけた相手には手段を選ばなかった。相手の屋敷の門前で腹痛を訴えたり、水溜《みずたま》りにわざとはまって衣服を乾かしたいと邸内に入り込む。そして、後日、多額の金子を持参して礼に赴くといったやり方でよしみを通じるのである。

「聞きしにまさるご仁ですね」

呆れ返るのと感心するのとが入り混じった。

「出羽守さまのご信頼が厚いばかりではない。畏《おそ》れ多くも、公方《くぼう》さまのご信頼をも得ておられる」

このように軽やかさを身上としている実力者だ。何らかの利を以《もっ》て接近できぬはずはない。武芝政直が水野忠成の政敵と言える松林信方に敵視されていることを知れば興味を抱くのではないか。

「是非ともご紹介ください」

源信は土方への手蔓を手繰り寄せるように視線を凝らした。それからおもむろに、

「明日、出羽守さまに出稽古《でげいこ》を頼まれておる。その時にでも持ちかけてみよう」

「ありがとうございます」

雲の間から一筋の光が差し込んだような心持ちとなった。

「では、伊賀守さまによしなに」

源信は久しぶりの再会だというのに長居を求めることもなかった。無駄話をしないその姿勢は相変わらずである。涼之進としては、もっと様々な話をしたかったが、許さないような雰囲気だ。それを師の気づかいと受け取った。久しぶりに訪ね師を相手にすれば、気負いからつい余計な話をしてしまうだろう。御家の機密事項を口にして

しまうことになりかねないのだ。それを源信は避けているに違いない。そう思うと、突き離したような態度がこの上もなく慈愛に満ちたものと感じられた。

涼之進は大きな目で源信を見ると深々と頭《こうべ》を垂れ、腰を上げた。

と、庭から美鈴の声が聞こえた。とたんに、胸がきゅんとなり、頬が緩んだ。

——いかん。

源信の視線が気になった。幸いにも源信はこちらを見ていない。美鈴の顔を一目見たかったが、ぐっと堪《こら》え足早に座敷を出た。

藩邸に戻り、長屋を覗《のぞ》くと木村の姿はなかった。隣の佐々木の家に行き、木村の所在を聞いた。

「おられませんか」

佐々木はいつもの呆《ほう》けた物言いをした。

「いないから聞いておるのだろう」

顔をしかめると、

「厠《かわや》ではないですか」

「まさか、藩邸を出て行ったということはないだろうな」

「そんなことないでしょう。出るならわたしに一声かけますよ」

佐々木の顔からは微塵《みじん》の不安も感じられない。

「おまえはいいよな」

暢気《のんき》さを怒る気も起きず、長屋を飛び出した。すると、鉢合わせるように木村が戻って来た。

「おられたか」

「ええ、ちょっと厠に行っておりました」

木村はけろりとしたものだ。

「いや、それならよいのです」

自分のあわてぶりを諌《いさ》めた。我ながら神経過敏になっているようだ。


二日後の卯月《うづき》十四日、樋川源信から文が届いた。几帳面《きちょうめん》な文字で土方縫之助との面談が整ったことを告げていた。今夕、浅草並木町の料理茶屋藤尾《ふじお》で待てという。浜田にもこの情報を告げたが、浜田はその場に出ることを憚《はばか》った。新参者に老中首座の懐刀との面談を整えられたとあって、永年留守居役を務めている誇りが許さないのだろう。涼之進としても、その方が自分の調子で事を運ぶことができるためありがたかった。

夕七つ半（午後五時）藤尾にやって来て名乗るとすぐに仲居に案内された。案内されたのは母屋と渡り廊下で繋《つな》がった離れ座敷である。

「ここで、お待ちください」

仲居にそう告げられ十畳の座敷に一人残された。既に食膳《しょくぜん》が調えられている。座敷は当然のごとく豪華な調度品に彩られていた。障子が開け放たれ、薄暮に覆《おお》われた庭はぼんやりとしていて、若葉の香りが漂い、枝ぶりのいい松の緑が色濃く映えていた。何をどう話そうと思案を巡らせていると、廊下を踏みしめる足音がした。居住まいを正し口を引き結ぶ。

「待たせたな」

土方は快活な声と共に入って来た。恰幅《かっぷく》の良い身体《からだ》を黒羽二重の羽織、仙台平の袴《はかま》に包んだ中年男である。丸い顔の平凡な顔立ち、江戸市中ですれ違っても気づかないだろう。床柱を背負いどっかと座る所作は手馴《てな》れたものだ。

「お初にお目にかかります」

涼之進は威圧されまいと声を励ましながら素性を名乗った。土方は細い目で涼之進

の顔をしげしげと眺めながら、

「うむ、まずは、一献」

と、自分の食膳から杯を持ち上げ涼之進に差し出した。涼之進は蒔絵《まきえ》銚子《ちょうし》を手に酌をした。土方は一息に飲み干すと、

「返杯じゃ」

と、杯を差し出した。遠慮することなく受け取り酌を受けた。

「樋川先生から聞いた。その方、この春より武芝家の留守居役になったのだな」

内心で、「留守居役補佐です」と呟《つぶや》いたが、それは口には出さないことにした。土方の眼光は鋭くなり、涼之進を値踏みしているようだ。平々凡々とした中年男に薄気味悪さを感じた。涼之進が黙っていると、

「伊賀守《いがのかみ》さまもいきなり留守居役に取り立てるとは、期待のほどがわかろうというものじゃ、のう」

土方は何が面白いのか笑みを絶やさない。黙っていると、

「で、今日は何用じゃ」

「はい、実は」

言いかけると、

「ああ、あのことか」

土方は問いかけておいて涼之進の言葉を遮った。開けた口をあんぐりとさせていると、

「浪人者を匿っている一件じゃな。御老中松林備前守さま相手に一歩も引かないとは、伊賀守さま、評判通りの血気盛んぶりじゃのう」

「ご存知でしたか」

「知らいでか。今、お城では大変な評判だ」

土方は涼之進が酌をしようとするのを手で制し手酌で杯を満たした。

「武芝伊賀守、よくぞ、松林備前守にもの申した、とな」

土方はこみ上げるおかしさを堪え切れないようにしばらく笑い声を立て続けた。それを見れば土方の、いや、主君である水野忠成の松林信方に対する反感が察せられる。心強い味方ができたと期待していいのか、そう思うのは早計なのか、戸惑うように目をしばたたいた。すると、土方は懐から瓦版《かわらばん》を取り出した。涼之進が平原に依頼して出回った瓦版だった。だが、そんなことは口にするわけにはいかない。素知らぬ素振りで、

「拝見致します」

土方から瓦版を受け取り、目を通した。木村騒動が記されていた。木村作之助の名前、松林信方の名前こそ記されていないが、記事を読めば、追っ手をかけたのが老中松林備前守の家臣であることは一目瞭然《りょうぜん》だった。内心で平原がうまくやってくれたことを感謝した。記事では、松林の家臣が数を頼んで、一人の浪人に言いがかりをつけ、さんざんに弄《もてあそ》んだ後、斬《き》り捨てようとしたが浪人に逃げられてしまった。浪人はやむなくさる外様《とざま》大名の藩邸に逃げ込んだ。

松林はその浪人の引渡しを求めている。

瓦版は明らかに松林の横暴を批判していた。

「備前守さまも強引なやり方をなさったものよ」

土方は皮肉たっぷりに口元を歪《ゆが》めた。

「こちらとしましたら、武士道の定法を立てておるわけでして、なんら落ち度はございません。それを、ご政道批判をした浪人を匿うとは不届き、と備前さまは我が殿を責め立てられておられるのです」

「あの方の強引なやり方は、幕閣の間でも評判よろしからず、じゃ」

土方は真顔になった。

「ですので、何卒《なにとぞ》、出羽守さまのご威光をもちましてわが殿をご助勢くだされたく、お願い申し上げます」

涼之進は頭を下げた。

「その必要があれば、わが殿が伊賀さまにお味方するのは間違いなかろうな」

ここで、土方は思わせぶりな笑みを浮かべた。涼之進は何気ない様子で懐中から一通の書付を取り出した。それは、政直から託された目録である。諫早藩邸に収蔵している宝物の内から壺《つぼ》、花瓶など寄贈する品々の一覧が記されていた。特に土方の目を引いたのは、

「高麗物《こうらいもの》の白磁の壺か。さすがは、宗家と縁深き御家じゃな」

「どうぞ、主《あるじ》よりの心ばかりの品々にございます」

誇ることなく上目遣いになって腰の低さを強調した。土方はひどく満足そうだったが、さらに涼之進は、

「これは、土方さまへ」

と、紫の袱紗《ふくさ》に包んだ金子を渡した。土方は袱紗を開け黙って視線を落とした。百両である。土方は表情を変えず、

「預かっておこう」

手馴れた所作で袂《たもと》に仕舞った。

「ところで、わしも備前守さまの狙いを図りかねておる」

土方は気分を良くしたのか胸襟《きょうきん》を開いた。

「今回の騒動で松林さまは何か企《たくら》んでおられるとお考えなのですか」

土方は蒔絵銚子を持ち上げ涼之進に向けた。酌を受けた涼之進は杯を口に当てたが、話を続けるよう土方に目で促される。

「ご政道批判をした浪人者を匿うことは御公儀に対して弓引く所業と、当家を追い詰めるのではないのですか」

涼之進は杯を膳に置いた。

「そうなのであろうが、伊賀守さまの申されることとまさしく正論じゃ。なにせ、武士道の定法なのだからな」

土方は考えあぐねるように首を捻《ひね》った。

「すると、備前守さまには何か別に狙いがあるとお考えですか」

指摘されてみて、胸に不安が渦巻いた。

「考え過ぎかもしれんが、なにせ油断ならぬご仁じゃからな」

「土方さまにご指摘されてみますと、聞き捨てにはできません。備前守さまの狙いを詮索《せんさく》してみなくては」

自分に言い聞かせるように呟いた。土方はしばらく杯を見ていたが、

「ま、わしもよく心配りしておく。では、ぱっとやるか」

考えていてもこの場で解答が得られないとばかりに頬を緩めた。涼之進も土方の機嫌を損ねてはまずいと芸者を呼ぶべく部屋を出た。夜空におぼろ月がかかっていた。

「頼もう!」

母屋《おもや》に向かって大きな声を放った。持ち前の障子も震えるような大音声《だいおんじょう》だ。やがて、廊下を足音がしてやって来た芸者は、驚いたことに、

「千代乃じゃないか」

留守居役補佐に就いた初日、浜田に連れられて出席した日本橋長谷川町の料理茶屋佐賀万の座敷で杯をやり取りした芸者である。その後も一度、周吉に贋作《がんさく》を頼んだ際に遭遇した。よくよく縁があるものだ。

八

高級料理茶屋の座敷に出る芸者は限られているのだろうから、こうして巡り合うこ

ともあるのだろうと思いながら視線を投げかけると、

「今晩は」

千代乃は妖艶《ようえん》な笑みをたたえながら近づいて来た。甘い香りが鼻先をくすぐる。

「土方さまの座敷に呼ばれておるのか」

涼之進の問いかけには答えず、

「さあ、中へ」

と、白魚のような手で涼之進を座敷の中へと導く。今度は千代乃の滑らかな肌の感触に、涼之進の脳裏がくすぐられる。千代乃は土方の横に座った。

「おまえ、この者を存じておったのか」

土方に言われ、

「ええ、一度、お座敷で顔を合わせました。ちょっとした寄り合いです」

あわてて言い繕った。

土方は、それ以上は問いかけず杯を千代乃に差し出した。千代乃の存在は座敷を彩《いろど》った。一気に部屋が明るくなった。政治向きの話をした後の生臭い空気が払われ、華やいだ雰囲気が醸《かも》し出される。

「さあ、どうぞ」

千代乃は涼之進にも蒔絵銚子を向けてくる。やがて、三味線弾きや幇間《ほうかん》もやって来た。賑《にぎ》わいが一層高まった。土方から松林の真の狙《ねら》いが何か疑問を投げかけられたことでくもった涼之進の心が晴れていく。不謹慎とは思ったが、今晩ばかりは、華やいだ空気に身を任せよう。

涼之進は勢いよく杯をあおった。

涼之進はその晩、政直を訪ねた。書院で相対した。政直の前に出るのは酒を飲んだ後だけに気が引けたが、極力息がかからないよう用心しながら控えた。

「土方はご機嫌であったか」

政直は涼之進の酔眼を見ながら言葉をかけた。

「いたってご機嫌うるわしく過ごされましてございます」

「出羽殿は余の後ろ盾となってくれるのじゃな」

涼之進はうなずいてから、

「まず間違いないと存じます」

政直は満足そうに深々とうなずいた。その時、土方が危惧《きぐ》していたことが頭に浮かんだ。

「土方さまが少々気になることを申しておりました」

政直はわずかに顔を歪めた。

「松林さまの真の狙いは別にあると申されるのです」

涼之進は土方の疑念を話した。

「真の狙いな……」

政直も不安が過《よぎ》ったのか曖昧《あいまい》に口ごもった。

「老獪《ろうかい》な松林さまなら、ありえると思います」

「何か見当がつくか」

「申し訳ございません。今のところは皆目わかりません」

「涼之進にお任せください、とはいかぬか」

政直は笑ったが、その声がどこか力ないものだった。政直も老獪な松林の仕掛けに不安を抱いたようだ。ここで言葉が途切れた。途切れると、尚《なお》一層の憂《うれ》いが濃くなる。

「土方さまよりの報《しら》せを待つほかはないと存じますが」

土方に頼り切っている自分が情けない。

「あれから松林は沈黙を守っておる。不気味と言えば不気味であるな」

「藩邸にも木村殿の引渡しを求める動きはないようです」

「あの狸《たぬき》め」

政直は舌打ちした。

「今は、怒りを飲み込んでください」

「わかっておる。松林に売られた喧嘩《けんか》じゃ。それを単純に買うほど軽率ではないわ。が、我慢にも程がある」

「しばし、ご辛抱ください」

そう言うのが精一杯である。面を伏せたまま書院を下がった。政直は気持ちを静めるように見台に向いた。その背中は心なしか不安の色に染まっていた。

涼之進は長屋に戻った。木村と佐々木が酒盛りをしていた。

「お帰りなさい、どうですご一緒に」

「暢気《のんき》だな」

佐々木は赤ら顔を向けてくる。

思わず口から出た非難めいた言葉は、佐々木ではなく木村の気持ちに威圧をかけたようだ。

「すみません」

木村は居住まいを正した。それを見て佐々木もおっかなびっくり正座した。

「あ、いや、木村殿のことではござらん。木村殿はごゆるりとしておられたらいいのだ。問題が片付くまでは」

「ご迷惑ばかりをおかけしております」

木村は杯代わりの茶碗《ちゃわん》を畳に伏せた。佐々木も同じようにする。

「寝ますか」

佐々木はばつが悪そうな顔で腰を上げた。と、「ああ」と何かにつまずいた。佐々木は顔をしかめながら、

「これは、失礼した」

と、暗がりにあった風呂敷《ふろしき》包みを避《よ》けた。涼之進がおやっとした顔をすると、

「申し訳ござらん。実は妻が届けてくれたのです」

雅恵は諫早藩邸の滞在が続いていることで自宅から着替えを届けに来たのだという。

「雅恵殿も心配でしょう」

涼之進は雅恵の不安を思った。

木村は大事そうに風呂敷包みを両手で抱えた。

「では、失礼致す」

佐々木はつまずいた右足を、「いてて」とさすりながら出て行った。

「われらも休みましょう」

涼之進が言うと、

「あの、沢村殿」

木村の声はくぐもっていた。

「なんでござる」

「いや、その……」

木村は言い辛《づら》そうだ。涼之進に、「暢気だ」と揶揄《やゆ》されたことを気にしているのか。

「どうしたのです。お気づかいなら無用ですぞ」

「はあ、そうですな」

木村は言葉を引っ込めた。

「わたしにお任せくだされ」

涼之進は励ますように木村の肩をぽんぽんと叩《たた》いた。

九

翌十五日の朝、昨晩のことが気になった。何か言いたげな木村の様子にただならぬものを感じたのである。放っておいてはよからぬことが起こりそうである。番士から木村を女が訪ね来たことを聞いた。雅恵のことを言っているようだ。すると、雅恵のことも気になり出した。

まさか、松林とて雅恵に危害を加えることはないと思うが……。

ぼんやりとした不安を抱きながら雅恵を訪ねることにした。雅恵も心配しているに違いないのだ。その心配を和らげてやりたい。主人の無事を伝えようと思った。木村も口にこそ出さないが留守中の妻の身を案じているに違いない。

木村の長屋の腰高障子を叩き訪問を告げた。雅恵が姿を現した。手拭《てぬぐ》いを姉さんかぶりにしている。掃除の途中らしい。顔を上げ、一瞬、戸惑いの表情を浮かべたがじきに涼之進と気がつき、ぺこりと頭を下げた。

雅恵の無事な姿に一安心した。

「いや、手を止めさせてしまい、申し訳ない」

「どうぞ、狭苦しい所ですけど」

雅恵に言われるまま部屋に上がった。今日も息子の京太郎は剣術道場に通っているという。きっと、剣で身を立て仕官の口を探そうというのだろう。雅恵は手早く茶を淹《い》れ涼之進の前に置いた。置かれて初めて、何か土産を買って来るのだったと後悔した。居たたまれない気持ちを紛らそうと茶碗を手に取って、

「ご主人、怪我《けが》はすっかりよくなられましたぞ」

快活に言葉をかけた。雅恵は楚々《そそ》とした所作で涼之進の前に座り伏し目がちに、

「沢村さまにはすっかり、お世話になりっぱなしで」

「気になさいますな、武士として、当然のことをしておるまで」

それでも雅恵はうつむいている。茶を飲み干して腰を浮かしながら、

「そう、そう。ご主人喜んでおられましたぞ。衣服の差し入れ」

雅恵は目を泳がせた。

「着替えですよ。差し入れをなさったでしょう」

「あの、わたくし、差し入れなどは致しておりませんが」

「はあ、いえ、その」

しまった。木村から妻と聞いて雅恵と決め付けてしまった。雅恵ではなかったのかもしれない。女房ではなくひょっとして愛人なのか。無骨な木村が妻以外の女と情を通わせているとは意外な気がするが、人は見かけによらないのは世の常だ。これ以上

は余計なことは言わないほうがいい。

木村も隅に置けないということだ。苦笑が漏れそうになったが、必死で堪《こら》え、

「では、これにて」

と、立ち上がった。

「あの、差し入れとは」

雅恵は当然の如《ごと》く問いかけてきたが、

「いえ、その、拙者の勘違いでござった」

「はあ……」

「着替えが置いてあったものですから、てっきり奥さまからと思ったのです。考えてみたら藩邸の女中どもが用意したのでしょう」

まるで悪いことでもしたかのようにそそくさと立ち去った。

木村の家を後に長屋の木戸を出たところで、どうにも土方から受けた指摘が気になった。土方の情報収集力に頼ってはみたが、このまま何もしないではいられない。自分の存在価値がないような気がする。

と、すれば……。

かと言って、自分に探索の手腕があるわけではない。経験もない。やはり、土方からの報せを待つことしかできないのか。何か松林の意図を探る手段はないか。

「そうだ、誠之助だ」

仙石誠之助がいるではないか。もちろん、誠之助が松林の意図を話してくれるとは思えない。思えないが、探りを入れることで思わぬ何かが読み取れるかもしれない。そう思うと、もう気持ちを抑えることができる涼之進ではない。

松林家の藩邸に足を向けることにした。

松林家の上屋敷は外桜田の大名小路の一角にあった。

来てみたものの、誠之助にどうやって面談を求めればいい。今更、後悔したところで仕方がないのだが、つい長屋門の前をうろついてしまった。訪問の口実をあれこれ考えたが妙案が浮かぶでもない。

「ま、仕方ない」

堂々と正面から面談を求める以外にないと気づいた。

番士に素性を告げ、仙石誠之助への面談を求めた。番士は怪訝《けげん》な顔をしながらも、「しばし、お待ちを」と屋敷の中に消えた。涼之進はその間にやることもなくぶらぶらと往来に目をやった。のどかな昼下がりである。日差しは強いが、爽《さわ》やかな風が吹いてくるため、暑さは感じない。

なんだか、門番が羨《うらや》ましくなった。日がな一日、こうして立っていればいいのだと思って番士を見ると、怖い顔で見返された。やがて、

「どうぞ、お入りください」

番士は潜《くぐ》り戸を向いた。案外とたやすいものだと思いながら、屋敷内に入った。周囲を見回すとすぐに、御殿の控えの間に通された。老中の屋敷といえど、諫早藩邸の控えの間と変わらない地味な造りの八畳間だった。待つ間もなく、誠之助が颯爽《さっそう》と登場した。

涼之進は右手を上げた。公務ではないことを示すためにわざと砕けた調子を装《よそお》った。

誠之助は苦笑を浮かべ、

「ご使者の用向きは」

「私用でまいった。藩命ではない」

涼之進の呑気《のんき》な物言いに、

「では、木村何某《なにがし》の一件ではないのだな」

誠之助は涼やかな目元を緩めた。

「当家としては引き渡すつもりはない」

「では、何しに来たのだ」

誠之助はぶっきらぼうに返した。

「近くまで来たのでな、顔が見たくなった」

「馬鹿《ばか》なことを」

誠之助は鼻白んだ。

「馬鹿なこととは思わん。共に樋川先生の道場に通うものではござらんか。それとも何か。おれと顔を合わせることに不都合を感じているのですかな」

挑発的な物言いをしてみた。誠之助は眉根《まゆね》を寄せ、

「不都合も何も当家と武芝家は目下、係争中ではないか」

あたり前のことを聞くなとばかりに顔をしかめる。

「それは、百も承知だ」

「何が言いたい」

涼之進は身を乗り出し、

「ずばり、聞く。松林備前守さまの狙《ねら》いは何だ？」

「…………」

誠之助の視線が揺れた。

「おまえの問いかけの意味がわからん」

「ならば、こう聞こう。松林さまは木村殿引渡しのみを考えておられるのか」

「当家としては木村引渡しを武芝家に申し入れている。その、理由は訪問の際に話したはずだ」

「確かに聞いた。木村殿が御公儀の、いや、松林さまの政《まつりごと》を批判したことを問題視してのことだったな」

「そうだ」

「本当にそれだけか」

涼之進は見据えた。

「引渡しの裏にわが殿の企《たくら》みがあるとでも申すか」

「いかにも」

涼之進はここで引くわけにはいかなかった。

「まさか、武芝家改易を狙っておると申すか」

「狙っておると思う」

「そのような、無理なご政道が天下に通ると思うのか」

誠之助は余裕の笑みすら浮かべている。

「ほう、おまえでもそれは無理な政道と思うか」

涼之進がぴしりというと誠之助はわずかに視線を泳がせた。

「外様《とざま》を無謀に改易するような、わが殿ではないと申しておるのだ」

「それは、そうであろう。当家はあくまで武士道の定法を行っているに過ぎない。たとえ、木村殿がどんな理由で松林家の藩士と揉《も》めたとしても、それがために改易にも転封にもできないはず」

「いかにも。であるから、当家としてはあくまで穏便に済ませたい。木村を引き渡せば、それでこの一件は落着だ」

誠之助は静かに言った。

「そうであろうか、おれは、そこに何かの企てがあると思う」

「ほう、どんな企てだ」

誠之助の鼻がわずかに動いた。動揺の色を感じた。

「それがわからん」

「ふん、根も葉もないことを」

「教えてくれ」

「ふざけるな」

「同門のよしみではござらんか」

涼之進はわざと明るく言った。

「いい加減にしろ」

誠之助はにらみつけてきた。

「もういい、邪魔したな」

「とんだ時の無駄だった」

誠之助は苛立《いらだ》たしげに立った。

涼之進は無理に余裕を装い意気揚々と部屋を出た。

十

誠之助の態度から、松林が何かを企んでいることは確信できた。できたのはいいが、それは土方の予想を裏付けるものであり、不安が現実となることを示している。

「おれは、一体、何をしに来たのだ」

後悔が先に立ってしまった。長屋門脇《わき》の潜り戸から表に出たところで、

「待て」

やけにじめりとねちっこい声がした。聞き覚えのある声だと思っていると木村を追って来た者たちだ。その中の一人、桜井と呼ばれた男は涼之進に髷《まげ》を切られ、頭巾《ずきん》で頭を覆《おお》っている。

「おまえら、相変わらず昼間っから酒を飲んでおるのか」

「余計なお世話だ」

桜井はすごんだ。

「ならば、これにて」

こんな連中の相手をしている場合ではない。相手をしていてはそれこそ時の無駄だ。

「おい、待てよ」

桜井はからんでくる。

「うるさい、先を急ぐのだ」

涼之進が言い放つと、

「逃げるか」

桜井の挑発的な言葉にも耳を貸さず、急ぎ足で歩みだした。すると、酒樽《さかだる》を積んだ大八車が通りかかった。桜井たちは、

「退《ど》け」

と、大八車を奪い五人がかりで涼之進に向かって来た。涼之進は背後に殺気を感じ、振り向いた。

「そら、酒だ、飲め」

桜井は憤怒《ふんぬ》の形相で叫んだ。他の四人は哄笑《こうしょう》を放った。大八車は涼之進目掛けて突っ込んで来る。逃れようとしたが大名屋敷の築地《ついじ》塀《べい》を背負い追い詰められてしまった。逃げ場はない。

咄嗟《とっさ》に、

「とう！」

高らかに跳躍し、軽々と大八車に飛び乗った。次いで、前方に飛び降りた。そこで、大刀を抜き放つ。

「おい、やるか」

と、言った時、後方で酒樽が往来に転倒した。桜井たちはおろおろとしたが、

「おのれ」

引くに引けなくなったのか刀を抜いた。

「おまえたち、本気か」

涼之進は怒鳴りつけた。

「おお」

桜井は獣のような声を発した。

「やめとけ」

涼之進は言ったが、

「てやあ」

二人の侍が妙な叫び声を発しながら突っ込んで来る。涼之進は刀を仕舞い、酒樽を持ち上げた。そして、

「お返しだ」

と、頭上高く放り投げた。青空に酒樽が吸い込まれた。桜井たちも思わず見入った。

涼之進は酒樽が落ちてくる所まで走り寄り、

「てえい」

大刀を横一閃《いっせん》にさせた。酒樽が真っ二つに割れた。と、思ったら、

「わあ」

桜井たちの頭上に酒が降り注がれた。

「遠慮するな、たっぷり飲め。大好きな酒であろう」

涼之進は大笑いをした。

「おのれ」

桜井は頭巾を酒浸しにして悔しげに顔を歪《ゆが》めた。

「じゃあな」

涼之進は刀を鞘《さや》に仕舞い、ゆうゆうと歩き去った。

「追え」

桜井が声を放ったが、

「おい、貴様ら」

桜井たちを捕まえに松林家藩邸の門が開いた。数人の侍が現れた。桜井は藩邸の侍たちによって引き立てられた。

「馬鹿な奴《やつ》らだ」

涼之進は思わず口笛を吹きたくなった。


藩邸に戻り、長屋に向かうと佐々木がやって来て、

「良い人が待っていますよ。お身内の方だとおっしゃっていました」

ニヤッと笑って涼之進の家に目配せをした。

――ひょっとして、美鈴か。

恥ずかしさで顔が火照《ほて》ったが、それを気取られないように佐々木を押しやって、

「どけよ」

不機嫌に言い捨て家の中に入った。

「これは……」

六畳間には千代乃が艶然《えんぜん》と微笑《ほほえ》んでいた。

「お邪魔しております」

千代乃は紫地に花鳥風月の裾《すそ》模様を施した上品な小袖《こそで》に身を包み、こくりと頭を下げた。

「驚いたな」

部屋に上がり千代乃の前に座った。千代乃は笑みをたたえたまま落ち着いたものである。

「よく入れてくれたものだ」

「門番に沢村涼之進の身内の者だと告げたら、佐々木さまという方が出て来られて、すぐに案内してくださいましたわ」

佐々木のおっかなびっくりの表情が想像され苦笑が漏れた。

「沢村さま、大した評判でいらっしゃいますこと」

千代乃が訪《おと》ないを入れると番士は即座に涼之進のことがわかったのだという。藩邸ですっかり有名人になっているようだと千代乃は悪戯《いたずら》っぽく笑った。涼之進は空咳《からせき》で戸惑いを誤魔化してから千代乃に視線を据えた。

「今日、まいりましたのは、これを」

千代乃は急に鋭い目つきとなって一通の文を取り出した。思わず身構えてしまった。

「土方さまからです」

千代乃は涼之進から目をそらさずに告げた。

「土方さまの使いでまいったのか」

千代乃はうなずき返すのみだ。

「そなた、土方さまの密偵か」

その問いかけには千代乃は答えなかった。黙っているところを見ると、肯定ということだろう。この女は芸者に成りすまし、外様大名の動静を探っているということか。

「そんなことより、お読みくださいな」

千代乃は砕けた調子になった。我に返って文を広げる。一瞬にして目が点になった。

そこには松林備前守《びぜんのかみ》の企てが記されていたのだ。

文には松林が大目付に宗門改《あらため》の強化を命じたことがまず記されていた。松林の指示は具体的なものだった。昨今、九州の大名でバテレン宗に染まる者がいる。日本近海に出現しているイギリスやフランスの船舶との交易を図るための下地としてバテレン宗を取り込むつもりなのだという。わけても、諫早藩はかつて明暦年間に大量の隠れバテレンが摘発されたことから、特に調べを厳重にせよと命じた。

「諫早藩はかつて、領内に多勢の隠れバテレンが潜んでいた。バテレンと繋《つな》がる下地があるのだと松林さまは申されておるとか」

「そのような言いがかりを」

涼之進は戦慄《せんりつ》せざるを得ない。そこまでして当家を追いこもうというのか。

「しかし、そのことと今回のこと、関わりがあるのであろうか」

涼之進は独り言のように呟《つぶや》いた。

「土方さまはそのようにお考えです」

「木村騒動とバテレン宗か」

関連を思案するように腕を組んだ。誠之助の反応が思い出される。これが、松林の狙いというわけか。

「では、わたしはこれにて」

千代乃はすっくと立ち上がった。

「今日はわざわざ、かたじけない」

「土方さまは沢村さまのこと、大そう気に入っておられましたよ。物怖《ものお》じしない率直な物言いをする男だと」

果たしてそれが誉《ほ》め言葉なのだろうかと思っていると、千代乃はそそくさと部屋から出て行った。甘い残り香が名残惜しさを感じさせた。千代乃が居なくなってみると、ぽっかりとした空間が広がるばかりだ。そこに、妙に目立つのが木村の風呂敷《ふろしき》包みである。雅恵が届けたのではなく、女が届けたという着替え。ふと、違和感を抱いた。違和感の正体を考える内に昨日の出来事が脳裏を過《よぎ》った。佐々木がつまずいた時のことである。あの時、佐々木は苦痛を訴えた。

「そうだ、なんで痛いのだ」

違和感の正体はこれだ。着物につまずいて、何故《なぜ》痛がるのだ。中味は着物ではないのか。他人の私物を検《あらた》めることはよくないと思いつつも嫌な予感に囚《とら》われる。涼之進は風呂敷に歩み寄り、結び目を解いた。着物に包まれるようにして分厚い書物が現れた。中を検める。

横文字である。

「阿蘭陀《オランダ》の言葉ではないか」

分厚い表紙には十字架が描かれていた。聞いたことがある。バテレン宗の経典に違いない。それを裏付けるように、着物の袂《たもと》から煌《きら》びやかな黄金の装飾が施された十字架が出てきた。

「なんということだ」

呆然《ぼうぜん》としている涼之進の背後で、

「申し訳ござらん」

振り絞ったような木村の声がした。

「これは、一体どういうことでござる」

涼之進は身体《からだ》中を怒りで震わせた。木村は蒼《あお》ざめた顔で土間に頽《くずお》れた。

「申し訳ござらん」

「どういうことかと聞いておる」

涼之進は冷たく言い放った。

「これを諫早藩邸の書庫や蔵に入れるよう言われたのでござる」

「松林さまからか」

「誠之助殿からでござる」

木村は仙石誠之助の配下の者から言いくるめられたのだという。つまり、追っ手をかけられたふりをして諫早藩邸に入り込む。そして、しかる後にこのバテレン関係の証拠品を持ち込み、武芝家がバテレン宗に染まっていたとして、大目付に手入れをさせ糾弾に及ぶということだった。

「誠之助め、卑劣な狂言を考えおって……。どうりで木村殿に酒に酔った形跡がなかったわけだ。昨晩、何か話したそうだったが、このことを告白したかったのではないのですか」

木村は肯定するように顎《あご》を引くと、

「暮らしが立ち行かなくなって」

しかし、それで許されるものではない。

「斬《き》ってくだされ」

木村はうなだれた。

「馬鹿《ばか》なことを申されるな。今回の一件、武士道に反することは元より卑劣極まる悪謀でござる。このこと、明白にしなければなりません。評定所に持ち込みます。松林備前守の悪事を暴《あば》き立てなくてはなりません」

「それは、困る」

木村の声音は一変した。野太く凄《すご》みを帯びている。全身から殺気を立ち上らせていた。木村は腰の大刀を抜き放った。曰窓《いわくまど》から差し込む日差しを受け鈍い煌《きらめ》きを放った。

——これは相当な腕だ。

そう思った直後、刃《やいば》が涼之進を襲った。間一髪、後方に飛び退《の》いた。刃は涼之進の頬をかすめ空気を切り裂いた。やはり、かなりの腕である。剣が未熟であるというのもどうやら嘘《うそ》のようだ。

「刀を納められよ」

「問答無用」

木村の目は狂気を帯びていた。涼之進はやむなく抜刀すると応戦する。土間に降り立ち、木村と対峙《たいじ》した。木村は刀を大上段から振り下ろした。涼之進は下段からすり上げた。それを潮に二人は激しく刀をぶつけ合った。

土間を駆け回り、へっついの鍋《なべ》がひっくり返った。もうもうと灰煙が立ち昇る。灰煙の中に涼之進は斬り込んだ。手応《てごた》えがした。煙が晴れ、木村がうずくまっていた。駆け寄ると、木村は刀を落とし右腕から血を流していた。命に別状はなさそうだ。

「さあ、一緒に来るのだ」

涼之進が鋭い声を浴びせると、

「御免」

涼之進の手から抜き身を奪い自分の腹に突き立てた。

一瞬の出来事だった。

「木村殿」

涼之進は呆然と立ち尽くした。これで、生き証人が失われたと思っていると、木村は薄く目を開け、

「わたしが黙っていれば、京太郎を……。息子を取り立ててくれます。仙石殿は書付をくれました」

誠之助は息子京太郎の仕官を条件にこの企てを木村に持ち込んだのだろう。かつて、松林によって改易にされた戸塚藩の藩士ならば、諫早藩邸に入っても疑われることがないと踏んだということだ。松林信方の狡猾《こうかつ》さに戦慄と怒りを覚えた。自分が改易したことで浪々の身となった男に息子の仕官という餌《えさ》を与え、徹底して利用するとはなんたる非情さだ。いや、利用するどころか使い捨てにしたのだ。

「松林め」

涼之進は拳《こぶし》を握り締めた。

「どうしました。何の騒ぎですか」

佐々木がいつもの暢気《のんき》な顔を覗《のぞ》かせた。だが、家の中の混乱に息を飲み、さらには木村の亡骸《なきがら》を見るに及んで悲鳴を上げた。

十一

直に討議された。

書院に涼之進、鬼頭、浜田が顔を揃《そろ》えた。政直は上段の間で顔の蒼白さを一層際立《きわだ》たせ、こめかみに青筋を浮き立たせていた。鬼頭は袴《はかま》を握り締め、浜田は視線を泳がせている。重苦しい沈黙に我慢できなくなったのか、

「松林の罪を弾劾《だんがい》するぞ」

政直は甲走った声を放った。

「それは、いかがなものかと」

鬼頭は面を伏せたまま言上した。とたんに政直は、

「松林は当家に濡《ぬ》れ衣《ぎぬ》を、こともあろうに当家の忌《い》まわしい過去に事寄せたバテレンがらみの悪謀を企ておった。黙っておってよいものか。評定所で明らかにする。当然

ではないか」

厳しい目を鬼頭に向けた。鬼頭は、

「しかしながら、証《あかし》がございません」

浜田も、

「かりにも御老中の任にあるお方を評定所に引き出すにはあまりに心もとないと存じます」

たしかに、唯一《ゆいいつ》の証人木村作之助は自害して果てた。松林の企てはあくまで木村が語ったことに過ぎない。

「ならば、出鱈目《でたらめ》と申すか」

政直の怒りの矛先が涼之進に向けられた。ここは、たじろいでいる時ではない。政直を宥《なだ》めなければ。暴走されてしまってはどうなるかわかったものではない。松林を評定所に引き出したとしても、その悪事を暴き立てることができなければ災いは諫早藩に降りかかる。松林のことだ、必ずや返す刀で武芝家糾弾に及ぶだろう。

松林は公儀の威光を背に立ち向かってくるに違いない。外様《とざま》の小藩が公儀に楯突《たてつ》き、幕政を批判するとして狼煙《のろし》を上げることは容易に想像される。そうなっては、頼みの水野忠成も老中首座という立場上、松林に肩入れせざるを得ないだろう。

なんとしても政直の怒りを静めなければならない。

「出鱈目ではございません」

政直の険しい視線を正面から受け止めた。

「ならば、松林の企ては明らかではないか」

「おおせの通りでございます」

まずは政直の怒りを吸収しよう。

「ならば、松林の企て、弾劾に及ぶべきであろう」

「いかにも」

視線をそらさず明瞭《めいりょう》な声音で答えた。

「よし、おまえに任せる。この者どもは頼りにならぬわ」

政直は鼻を鳴らし、鬼頭と浜田を見た。鬼頭も浜田も顔を朱に染め悔しげにうつむいている。

「では、全《すべ》てはわたしの裁量にお任せいただけますか」

「うむ。その方が計らえ」

政直は表情を落ち着かせた。

「ならば、そのこと、書付にしていただきたいと存じます」

鬼頭と浜田が顔を上げた。鬼頭が、

「控えよ」

しかし、政直は、

「よい、かまわん」

紙と筆を用意させた。

「なんと記す」

「そうですな、諫早藩三万石全てをこの沢村涼之進に預ける、と記してください」

「無礼者……」

浜田が声を上ずらせた。鬼頭も思わず腰を浮かせた。政直も眉間《みけん》に皺《しわ》を刻み、

「それはいかがなものか……」

珍しく躊躇《ためら》いを示した。それは、そうであろう。養子入りしたとは言え、政直は諫早藩の藩主なのだ。家臣団と領知、領民に対する責任を負っている。その諫早藩を一人の家臣に、しかもついこの前までは二十石取りの下級藩士にしか過ぎなかった涼之進に預けられるものか。

「いかがされたのでございます。御老中松林備前守と喧嘩《けんか》をするなど、一藩士にできるものではございません。諫早藩総出で行ってこそ、相手も土俵に上がるというもの

です」

「たしかにそうじゃが」

政直は唇を嚙《か》んだ。ここぞとばかりに畳み込む。

「それとも、殿におかれましてはわたしを捨て駒《ごま》とお考えですか」

強い眼差《まなざ》しで政直を射た。

「使い捨てと申すか」

「はい。わたしは殿によりお引き立てを賜りお仕え致しております。用人兼留守居役補佐という役職と百石という身に余る禄《ろく》を頂いております。ですが、諫早藩士であることに変わりはないのです。その一藩士に老中と喧嘩させるからには、殿におかれましてもそれなりの覚悟がおありでございましょう。まさかとは思いますが、旗色が悪くなったら、余は知らんでは、あまりに無責任と申すもの」

「黙れ！」

政直は荒い息をした。

「いいえ、黙りません。わたしに松林さまを弾劾させるからには、殿もお覚悟くださ い」

涼之進は身を乗り出した。

「生意気申すな」

政直は鬼頭に顔を向けた。

「沢村の態度は不遜《ふそん》ながら、その申すこと、一理あるかと存じます」

鬼頭は顔を上げた。政直は鬼頭が自分に逆らったことに驚いたのか目を泳がせた。

「この上は、書付をくださるか、それともわたしを首にするか、なすってください」

涼之進は声を励ました。政直はしばらく黙り込んだ。涼之進、鬼頭、浜田は平伏して政直の言葉を待った。

「涼之進、どのように致すつもりじゃ」

政直は表情を落ち着かせた。

「殿の面目が立つよう致します」

涼之進はニヤリとした。

「ほう、どのように」

政直は思い直したように頬を緩めた。

「殿がお喜びになるよう致しましょう。それがわたしの役目と存じます。書付は不要でございます。この涼之進にお任せください。なにも、松林さまの狂言に諫早藩が踊らされることはございません。わたくしが治めます。殿を楽しませながらこの狂言を締めくくりましょう」

涼之進は力強く言った。

「ならば、楽しみに待つとしよう」

政直は機嫌が良くなった。鬼頭と浜田はほっとしたように面を上げた。

「喧嘩は楽しくはないからな」

政直は声を上げて笑った。

「まったくです。そうですよね、鬼頭さま、浜田さま」

鬼頭も浜田も安心したのか笑みを浮かべながらうなずいた。

「ならば、よきに計らえ」

政直は書院を出て行った。

「ふ〜う」

浜田がため息を漏らした。

「いやあ、肝を冷やした」

鬼頭は扇子を取り出し首筋に風を送った。

「沢村、よくぞ殿を宥めてくれた」

浜田に言われ、

「わたしも必死でございました」

鬼頭もやれやれと膝《ひざ》を崩した。

「おまえが、殿に書付を要求した時は肝を冷やしたぞ」

「ともかく、殿は了承くださいました。事は穏便に済ませなければなりません。喧嘩ではなく、かといって、武芝家の面目が立つような落着を導かねばなりません。悪いのは松林さまなのですから」

「ならば、どうする」

鬼頭が聞いた。

「松林さまの用人仙石誠之助を呼び出します」

「どのような名目で呼び出すのじゃ」

鬼頭の問いかけに、

「木村作之助を引き渡すと言ってやります。それからが、談判の場です」

涼之進は目に決意を滲《にじ》ませた。

「うまくいくかのう」

鬼頭は再びため息をついた。

「まあ、沢村に任せましょう」

浜田は言ったが鬼頭の心配は去りそうにない。

「これは、わたしと誠之助の問題となります。ですから、その談判の場でどのような話になろうが、あくまで沢村涼之進という一人の馬鹿《ばか》な家臣がしたこと、ということでござる」

涼之進は晴れやかな顔をした。

「おまえ、まさか、命を捨てるつもりか」

鬼頭は驚きの目をした。

「わたしとて、命が惜しゅうございます。下手を打つようなことはいたしません」

涼之進の陽気な顔に鬼頭と浜田は顔を見合わせた。

十二

十五日の夕暮れ、仙石誠之助がやって来た。御殿の控えの間で誠之助を待たせておいた。

「待たせたな」

涼之進は陽気に声をかけた。誠之助は相変わらずの取り澄ました顔で、

「木村を引き渡すということだが」

太い落ち着いた声音を出した。

「おや、意外なのか」

涼之進はわざとそう聞いた。

「意外と申せば、意外。今になって引渡しに応じるとは、ようやくのこと非を認めたということか」

「非は認めてはおらん。わが藩はなんらやましいことはしておらんのでな」

胸をそらした。誠之助は鼻で笑いながら、

「ならば、今になってどうして引き渡すなど。武士道の定法に反することではないのか」

「おや、引き渡されては困ることでもあるのか」

涼之進はニヤリとした。

誠之助は視線を泳がせた。

「ならば、引き渡すと致すぞ」

「ああ、渡せ。そのために、駕籠《かご》の手配りもしてある」

涼之進は立ち上がった。誠之助も立った。見上げるような長身がくるりと背を見せた。

「ここだ。おれの家だ」

涼之進は自宅の戸を開けた。誠之助は周囲に目配りをしながら足を踏み入れた。そのとたんに、

「うう、これは」

誠之助のうめき声が聞こえた。

夕日差す六畳間に布団《ふとん》が敷かれ木村の亡骸《なきがら》が横たえられてあった。

「驚いたようだな」

涼之進の問いかけに、

「無論だ。貴様、木村が死んだから引き取れと申すのか。ずいぶんと姑息《こそく》な。武芝の武士道とはそのようなものか」

「姑息なのはそっちであろう」

涼之進は木村の脇《わき》にある風呂敷《ふろしき》包みを取り上げ突きつけた。

「………」

誠之助は目を剝《む》いた。

「見覚えがあるようだな」

「知らん」

「白を切るか。バテレン所縁《ゆかり》の品ぞ」

「知るはずはない。木村が勝手に持っていたものだろう」

するると、涼之進は哄笑《こうしょう》を放った。

誠之助の目が恐怖に震えた。

「語るに落ちる、とはこのことだ。誰がこれを木村殿の所持品と申した」

涼之進に問い詰められ、

「それは、ここに置いてあるからではないか」

「おい、ここはおれの家だと申したではないか。それなのに、木村殿の持ち物とどうしてわかったのだ」

「茶番だ。おまえが、さも木村の持ち物のような素振りを見せたからだ」

「いいや、そうはしなかった。おれは、ただおまえに向かってこれを突き出しただけだ」

「だから、おれにはそれがさも木村の持ち物のように思えたのだ」

「違うな、このバテレンの品を見て動揺したのであろう」

「言いがかりだ」

「ああ、これは、茶番だ。だがな、おまえたちの狙《ねら》いはわかったのだ。いいか、木村殿はそのことを告白して自害されたのだ。おまえに頼まれバテレンの品を諫早藩邸に持ち込んだとな。なんでも、木村殿のご子息を松林家が面倒を見るという餌《えさ》を与えたそうではないか」

涼之進は詰め寄った。

誠之助は眉間に皺を刻んだ。

「とぼけるか」

涼之進は誠之助の胸倉を摑《つか》んだ。

「黙れ」

誠之助は手を振り払った。

「認めんと申すか」

「根も葉もないこと」

「腐れ果てた武士道だな。だが、申しておく。何も松林家と事を構えようとは思わん。ここは穏便に済ませたいと思っておるのだ」

「それはどういう意味だ」

「念のために申す。このこと、御老中水野出羽守さまの懐刀《ふところがたな》土方縫之助さまはよくご存じだ」

誠之助の顔は苦渋に歪《ゆが》んだ。

「それでも、認めぬか」

「認めん」

「どうあってもか」

「ああ」

「ならば、致し方なし。抜け」

涼之進は大刀を抜いた。

「やめろ、そのようなこと」

「こうなっては、武士同士、刀にかけるしかあるまい」

「馬鹿なことを申すな」

「逃げるか。武士が相手に刀を抜かれたのだ。勝負せぬとあれば武士の恥だぞ」

涼之進は土間に降り立った。

「そこまで、申すか」

誠之助も応じずにはいられなくなった。羽織を脱ぎ大刀の柄《つか》に手をかけた。

「いざ」

涼之進は正眼に構えた。

「こい」

誠之助は大上段に構える。

日は暮れ、夜空を満月が彩《いろど》っている。曰窓《いわくまど》から差し込む月光が土間で対峙《たいじ》する涼之進と誠之助の姿を蒼白《あおじろ》く浮かび上がらせた。

涼之進はすり足で誠之助の懐に飛び込んだ。

誠之助は素早く刀を大上段から振り下ろし、踏み込ませない。咄嗟《とっさ》に涼之進も受ける。それから、次々と刃《やいば》が繰り出された。涼之進は受けに徹した。誠之助は涼之進の守りが堅いと見るや、一旦《いったん》後方に飛び退《の》いた。

それを涼之進は見逃さない。

間髪を入れずつけ込んだ。攻守逆転し涼之進が攻めかかる。体重をかけ鍔《つば》競《ぜ》り合《あ》いに持ち込んだ。誠之助は表情を歪《ゆが》ませ引き離そうとした。ところが、狭い土間である。思うような動きができない。次第に、焦《あせ》りと苛立《いらだ》ちが募ったのか眉間《みけん》に皺《しわ》が刻まれた。

二人はぴったりとくっついたまま土間を横走りに移動した。

誠之助は苛立ちを募らせ涼之進を引き離そうと渾身《こんしん》の力を両腕に込めた。

ところが、涼之進はそれを待っていた。誠之助の動きを見定め、素早く後方に飛び退いた。

「ああ」

誠之助の身体《からだ》は均衡が崩れ、前のめりになった。

「てえい」

涼之進は上段から誠之助の小手《こて》を打った。峰が返されていた。誠之助の手から刀が落ちた。

「そこまでだ」

涼之進は刀の切っ先を誠之助の鼻先に突きつけた。誠之助は悔しげに唇を噛《か》んだ。

それから、不貞腐《ふてくさ》れたように土間にあぐらをかいた。

「どうとでもしろ」

誠之助は丹精な顔を歪めた。

涼之進は戸口に向かって、

「いいぞ」

引き戸が開けられ佐々木が顔を覗《のぞ》かせた。涼之進はうなずくと、

「さあ、どうぞ、入られよ」

佐々木に導かれ、木村の妻子、雅恵、京太郎、君江が入って来た。

「この方々、どなたかわかるな」

誠之助は戸惑いながらも、

「木村の、いや、木村殿の妻女とお子らか」

「そうだ」

涼之進が答えると雅恵たちは丁寧に頭を下げた。涼之進は、

「今回の一件、おれが要求することは二つ」

誠之助は無言でうなずく。

「まず、木村殿に約したことを必ず実行せよ。つまり、京太郎殿を松林家に仕官させること」

「わかった」

誠之助は唇を固く結んだ。

「きっとだぞ」

「武士に二言はない」

「うむ、その言葉信じよう。と言いたいが、念のためだ。書付にしてもらおうか」

誠之助は苦笑を漏らしたが、

「よかろう」

涼之進に紙と筆を借り、木村京太郎仕官の約束を書付にした。

「雅恵殿、木村殿の置き土産でござる」

雅恵は恭《うやうや》しく両手で受け取った。

「今一つの要求は何だ」

誠之助が不機嫌な顔を向けてきた。

「外に出ろ」

涼之進は雅恵たちに木村の亡骸《なきがら》の側に行くよう促した。誠之助は涼之進について来た。涼之進の背後で雅恵たちの嗚咽《おえつ》が聞こえた。

「おまえの家を借りるぞ」

佐々木に言い放ってから引き戸を開けた。誠之助は黙ってついて来る。涼之進は上がり框《がまち》に腰をかけた。横を指差し誠之助にも座るように視線を向ける。

「なんだ、早く申せ」

誠之助は切れ長の目を向けてきた。

「木村作之助はこれ以上の迷惑を武芝家にかけられないという理由で腹を切った」

涼之進は低い声で言った。

「わかった」

「それで、木村の一件は落着させる」

「よかろう。それでいいのだな」

誠之助は話が終わったとばかりに腰を上げた。

「待て、要求はこれからだ」

涼之進に引き止められ誠之助はおやっという顔をしたが、

「なんだ」

「わが殿の面目を立ててもらいたい」

「まさか、わが殿から詫《わ》びを入れろとでも申すか」

誠之助の目が厳しくなった。

「できぬか」

「できるはずがない。当方としてはあくまで御政道を批判した者の引渡しを求めたに過ぎぬ。頭を下げるいわれはない」

「そうであろうな」

涼之進はあっさり認めた。

誠之助は意外な顔をした。だが、警戒の色を浮かべたままである。涼之進が何を言い出すのか危ぶんでいるようだ。

「わが殿を誉《ほ》めていただきたい。江戸城中でな」

涼之進はニヤリとした。

「誉めるだと、どのように」

誠之助はきょとんとした。

「わが殿が武士道を貫いたと誉めてくだされ。わが殿はことの外体面を重んじるお方であるからな」

「ふ〜ん、誉めるな……」

誠之助は思案するように両腕を組んだ。

「ここらが落とし所であろう。水野出羽守《でわのかみ》さまとて、それで落着すれば、口を挟まれることはあるまい」

涼之進はバテレンの一件が表に出てはたとえ松林備前守の陰謀ということは立証できなくても、騒ぎは大きくなり松林家の看板に傷がつくことは避けられないことを強調した。更には誠之助が木村に渡してあった息子取り立ての書付の存在も付け加えた。

誠之助はしばらく黙っていたが頰を綻《ほころ》ばせて、

「よかろう。殿が誉めることはしかとは請け合えんが、やってみよう」

「頼む」

「沢村、おまえ、中々やるではないか」

「おい、どうした急に。世辞など申すな。なんだか気持ち悪い」

「世辞ではない。正直な気持ちだ。おまえとこんなことで掛け合いをするとは思ってもみなかった。おれに見る目がなかったということか」

誠之助はまだ、何か言いたそうだが口を閉ざすと立ち上がり、足早に去って行った。

十三

それから五日後の卯月《うづき》二十日、瓦版《かわらばん》が今回の木村騒動を盛んに書きたてた。外様《とざま》の小藩諫早藩が天下の老中を相手に一歩も引かず武士道を貫いたと書きたて、藩主政直に対し松林が賞賛の言葉を贈ったことも記されていた。

平原主水が瓦版屋をたきつけてくれたのだ。

政直は己を賞賛する瓦版を見て満足した。さかんに、「楽しい」を連呼した。

藩邸内は政直の上機嫌もあり、和らいだ空気に包まれた。

涼之進は土方を紹介してもらった礼を述べるため樋川道場を訪ねた。源信に丁重に礼をしてから藩邸に戻ろうとした時、美鈴がお使いに出て来た。途中まで一緒に行こうと並んで歩いた。空はどんよりと曇っているが、心は晴れ晴れ、浮き立つような思いだ。一件が落着した。しかも、誠之助相手に勝利を納めたという気持ちが浮かれ気分を弥《いや》が上にも高めた。

今日の美鈴は地味な紺地に紫陽花《あじさい》の裾《すそ》模様を施した小袖《こそで》に濃い紫の帯を締め、髪には朱色の玉簪《ぎょくしん》を挿している。化粧気のない顔は見とれるほどに魅力的だ。美鈴は稲荷《いなり》を見かけると、ちょっとお参りしますと境内に入った。涼之進も続く。鳥居と小さな祠《ほこら》があるだけの小ぢんまりとした社である。

すると、古びた祠の陰から湧《わ》いたように男が現れた。一瞬にして浮き立った気分が静まった。

「桜井……」

松林備前守の家臣桜井は月代《さかやき》や髭《ひげ》が伸び、服装も垢《あか》じみていた。これはどうしたことだといぶかしんでいると、

「御役御免になった。今は浪々の身だ」

桜井は薄笑いを浮かべた。その目は険しく、おまえのせいだと言っている。意趣返

しと身構える間もなく、桜井は大刀を抜き美鈴の首筋に切っ先を突きつけた。

「意趣返しをしたいのならわたしが受けて立つ。美鈴殿には関係ない」

桜井は鼻で笑った。

「武士の心を失ったか」

言いながら、桜井の隙《すき》を窺《うかが》った。

「黙れ」

桜井はいきり立った。興奮させると美鈴の身が危ない。

「もう一度申す。美鈴殿は放せ」

「放してやる。刀を捨てろ」

有無を言わせない態度だ。

「わかった」

涼之進が大刀に手をかけようとすると、

「待て、触るな」

桜井の甲走った声と共に祠の陰から四人の浪人が現れた。木村を追って来た連中だ。

みな、今回の騒動の責任を取らされ、松林家を追われたようだ。

「わたしには構わず、不逞《ふてい》の輩《やから》を成敗してください」

美鈴が叫んだ。

桜井は面白がっている。一人の男が涼之進の左から近づき、大刀と脇差《わきざし》を奪った。

「さあ、料理してやるぞ」

桜井は舌なめずりをした。四人が大刀を抜いた。

「簡単には殺すな。切り刻んでやれ」

桜井は声を上ずらせた。美鈴は桜井の腕の中でもがいた。

「よく見ておけ。愛《いと》しい男が血に染まる姿をな」

桜井は男たちに、「やれ」と声を放った。

次の瞬間、涼之進は腰を落とすと、

「とうりゃ」

右足を突き出した。草履が飛んだ。一直線に桜井の顔面を直撃した。思わず桜井は右手で顔を覆《おお》った。その隙に美鈴は桜井から離れた。

涼之進は一人の鳩尾《みぞおち》に拳《こぶし》を叩《たた》き込み、大刀を奪った。次いで、男の首筋に峰打ちを放った。その時、桜井が美鈴に向かって刃を振り下ろした。

涼之進は大刀を投げた。

「うぐ」

桜井の動きが止まった。右腕に大刀が突き立っていた。桜井は悲鳴を上げたと思うと大刀を抜いて放り投げ逃げ出した。それを見た四人の男たちも我先に逃げ出した。

「美鈴殿」

美鈴は涼之進の胸に飛び込んで来た。涼之進は渾身の力で抱きしめた。美鈴の心臓の高鳴りが伝わり愛おしさで全身が焦《こ》がれた。

「わたしのせいで危ない目に遭わせてしまった」

「涼之進さまが悪いのではございません」

美鈴は顔を上げた。

「嫁になってくだされ」

自然と口を突いて出たその言葉に、ずいぶんと無責任で身勝手なことを言ってしまった後悔で胸が焦がされた。

「いや、失礼申した……」

己の言葉を訂正しようとしたが、美鈴は涼之進を見つめた後、

「沢村さまったら、ご冗談ばっかり」

「いや、冗談では……」

求婚しておきながら言葉を濁してしまう。

「早く行かないと、いけませんわ。沢村さま、たまには稽古《けいこ》にいらしてくださいね」
美鈴は急ぎ足で稲荷を立ち去った。追いかける勇気は起きなかった。
断られたのか。
やはり、美鈴は仙石誠之助を好いているのか。自分に脈はないのか。
いつしか、空は紅黒い雲に覆われていた。
涼之進の頬に雨粒が落ちた。遠くで雷が鳴っている。
江戸は梅雨に入ったようだ。
涼之進は力一杯駆け出した。
つい先刻の美鈴の温《ぬく》もりが、涼之進の胸にじんわりと広がった。

解説

細谷正充

文庫書き下ろし時代小説の人気は、ついに老舗《しにせ》中の老舗である新潮社を動かした。これまでにも米村圭伍《よねむらけいご》の『退屈姫君 恋に燃える』『退屈姫君 これでおしまい』など、文庫書き下ろし時代小説がないわけではなかったが、二〇一一年に刊行した佐伯泰英《さえきやすひで》の『血に非《あら》ず 新・古着屋総兵衛』により、本格的に参入。さらに新人・中谷航太郎《なかたにこうたろう》を『ヤマダチの砦《とりで》』でデビューさせるや、これをシリーズ化した。そして今ここに、文庫書き下ろし時代小説の気鋭である早見俊の新シリーズ第一弾『青雲の門出 やったる侍涼之進奮闘剣』が登場したのである。新潮社に見込まれたことで、作者も奮い立ったのか。非常に力の込められた作品になっている。このままいけば作者の代表作になる可能性大だ。

おっと、少し先走りすぎた。新潮文庫初見参ということなので、まずは作者の経歴を詳しく記しておこう。早見俊は、一九六一年、岐阜県岐阜市に生まれる。幼い頃より、ミステリーとSFを愛読。大学入学を機に上京し、名画座での映画鑑賞と、古書店巡りに勤《いそ》しむ。法政大学経営学部卒業後、会社員生活のかたわら、創作活動を始める。最初はミステリーを志していたが、新本格の作家が次々とデビューするのを見て「ああ、これはもう、とてもミステリーは無理だな」と断念。しばらく執筆から遠ざかる。しかし時代小説に興味を惹《ひ》かれ、三十代半ばから、再び筆を執った。以後、複数の新人賞に応募するも落選。いくつかの出版社に作品とプロットを送り、二〇〇六年一月、文芸社より『びーどろの宴《うたげ》』を出版し、作家デビューを果たす。同年十一月に学研M文庫より、はみ出し与力を主人公にした『菊一輪』を上梓《じょうし》するや、爆発するような勢いで文庫書き下ろし時代小説の執筆を開始。『びーどろの宴』の主人公を起用した「浪花の江戸っ子与力事件帳」シリーズや、「よわむし同心信長」「公家さま同心 飛鳥業平」「居眠り同心 影御用」「ご落胤隠密《らくいんおんみつ》金五郎」「双子同心捕物競い」「八丁堀夫婦《めおと》ごよみ」「鳥見役京四郎裏御用」等々、多数のシリーズを発表している。デビュー当初は兼業作家だったが、二〇〇七年の秋に会社を辞め、専業作家となった。著書はすでに六〇冊を超えており、文庫書き下ろし時代小説を支える、重要な作家のひとりになっている。そんな作者が本作で、どんな新たな世界を見せてくれるのであろうか。

主人公の沢村涼之進は、肥前国諫早藩《いさはやはん》三万石、武芝伊賀守政直の家臣である。といっても二十石取りの平士だ。しかし剣の腕はなかなかのもの。国許《くにもと》の剣術試合で優勝し、江戸での剣術修業を許され出府したのである。そんな涼之進が入門したのが、神田鍛冶《かじ》町にある中西派一刀流樋川源信の道場だ。さっそくの道場稽古で相手になった、老中・松林備前守の御用人をしている仙石誠之助には、奮闘空《むな》しく負けてしまった。さらにまた涼之進は源信の娘の美鈴が気になるが、彼女は誠之助に惚《ほ》れているようだ。さらに誠之助の主人の備前守は、公儀の財政再建のため外様大名を改易しようとしており、諫早藩も狙《ねら》われていた。それやこれやで涼之進には、さっそく因縁のライバルが出来たようである。

とはいえ身分は下級藩士。本来なら道場以外で、誠之助と互する場などない。ところが相撲勝負と早駆けのお供で藩主の政直に気に入られた涼之進は、百石を与えられ、政直の用人兼留守居役補佐になった。田舎者の急な昇進に藩内には反発が渦巻き、喜んでくれるのは隣の長屋に住む蔵番頭の佐々木金之助《きんのすけ》くらい。しかし涼之進は、そんなことを気にしない。破天荒と評判の政直のために、進んで火中の栗を拾うのだった。

第一章「江戸出仕」では、以上のようなストーリーの流れで、登場人物を紹介しながら、主人公が活躍する舞台を整えている。いわばプロローグである。物語は、ここからが本番。第二章「掛け軸騒動」では、松林備前守が諌早藩に伝わる神君家康が描いたという鷹の掛け軸を見るために藩邸を訪れることになる。しかし肝心の掛け軸は、蔵の中から消えていた。おそらく諌早藩改易を企《たくら》む備前守が、何者かを使い掛け軸を盗み出したのだ。この窮地に涼之進は「わたしにお任せください」と名乗りを上げる。しかし成算があるわけではない。頭を絞った彼は、往来で盗人を捕えたことから親しくなった南町奉行所同心の平原主水の協力を得て、一発逆転の秘策を実行する。

未読の読者もいると思うので、秘策の内容には詳しく触れぬが、コン・ゲーム小説のテイストがあるくらいは、いってもいいだろう。ちなみにコン・ゲーム小説とは、詐欺《さぎ》犯罪をユーモラスなタッチで描いたミステリーのこと。小説ならジェフリー・アーチャーの『百万ドルをとり返せ！』、映画ならジョージ・ロイ・ヒル監督の『スティング』が有名だ。詐欺のターゲットが悪党の場合が多く、詐欺師側の仕掛けが、痛快な読みどころになっている。それと同じ〝痛快〟が、涼之進の仕掛け（しかも二段構え！）から伝わってくるのだ。

ここで思い出してもらいたいのが、作者のミステリー好きである。特に翻訳ミステリーが好きで、時代小説作家になった今でも、自己の作品にさまざまな形でミステリーを反映させているとのこと。たとえば「公家さま同心　飛鳥業平」シリーズにはシャーロック・ホームズ・ネタが投入されているし、「よわむし同心信長」シリーズには不可能犯罪の巨匠といわれたジョン・ディクスン・カーを意識した作品がある。さらに講談社の情報誌「IN☆POCKET」二〇一一年十二月号に掲載された作者のインタビューで、「双子同心捕物競い」シリーズの発想の原点について、

「もともとの原点は、アメリカの作家ウィリアム・P・マッギヴァーンの『悪徳警官』という作品で、兄弟の警官の話なんです。（中略）今回もそうですが、作品を考える時に、ミステリー作品からヒントを得るというのが私の場合、結構あるんですよね」

と述べている。うおっ、『悪徳警官』とは、ずいぶん渋いところから持ってきたもんだと感心しきり。このように好きでたまらないミステリーのエッセンスが、本書にも生かされているのである。

続く第三章「入れ札」では、第二章から一転、藩内の財政改革に涼之進が挑む。年間の出費三千両を二千両にしようと、出入り商人決定を入れ札制にして、経費削減しようとする涼之進。しかし藩邸の奥向きを仕切る先代正室の千玄院の横槍《よこやり》により、思

うように進まない。業を煮やした涼之進は、正面から千玄院にぶつかっていくのだが……。

涼之進のいいところは、直情型なところである。まだ江戸藩邸の内情もよく分からないのに、政直に命じられるや、経費削減に乗り出す。なんだかんだと理屈を付ける前に、とにかくやってみる。それが若者の特権であり、だから涼之進の躍動が眩《まぶ》しいのだ。

しかし直情型は、欠点でもある。涼之進に輪をかけて直情型な政直ともども、老練な千玄院に手玉に取られて、反省することになる。ここで作者が巧みなのは、千玄院を悪人ではなく、清濁併せのむ大人にしたことだろう。彼女との対比により、涼之進と政直の未熟さが分かり、さらに成長するための道が浮かび上がってくる。主人公の〝失敗〟によって本書は、さらなる物語の深みを獲得したのだ。

ついでに武芝政直についても述べておこう。政直の父は、名門旗本で今は大目付をしている太田隠岐守《おきのかみ》だ。先代藩主が隠岐守と親交があり、それが縁になり養子に迎え入れられたのである。しかし国許には側室の生んだ実子の継明がいる。また大名を監視する大目付の家から迎え入れられたことで、家中の風当たりが強い。まだ藩主になって間もない政直にとって、問題山積みである。このあたりの設定は、今後、大いに活用されるのであろう。

さらに政直は聡明であるが、何事にも短兵急で、好き嫌いが激しい。その性格と、本書の中で発せられる「であるか」というセリフを見ると、どうやらモデルになっているのは織田信長のようだ。作者には、なぜか頭の中に織田信長の精神が宿ってしまった天保時代の同心を主人公にした「よわむし同心信長」シリーズもある。作者の信長へのこだわりを、こんなところから読み取るのも、ファンの楽しみなのだ。

そして第四章「同門のよしみ」は、複数の武士に追われ藩邸の門を叩《たた》いた浪人の木村作之助を、涼之進が助ける場面から始まる。作之助は樋川道場の同門であり、助けを求める者を庇護《ひご》するのは武士の習いである。だが作之助が揉《も》めた相手は松林備前守の家臣であった。おまけに騒動の非は、作之助の方が重い。それでも作之助を護《まも》ろうとする涼之進は、またもや松林備前守と仙石誠之助と事を構えることになるのだった。

日本三大仇討《あだう》ちのひとつに鍵屋《かぎや》の辻《つじ》の決闘がある。仇討ちの経緯には紆余曲折《うよきょくせつ》があるが、特異なポイントとして、罪人の引き渡しを巡り、外様大名と旗本衆の対立に発展したことを挙げておきたい。本作の発想の原点は、ここにあるのだろう。歴史上の事件を自由自在に換骨奪胎する、作者の手腕が鮮やかだ。

第二章で浅からぬ因縁の出来た諫早藩と松林家が、武士ならではの騒動により対立するというだけでも面白いのだが、そこは曲者《くせもの》の作者のこと。途中で、予想外の捻《ひね》りを入れ、まったく別の物語へとシフトさせる。ストーリーの妙を堪能《たんのう》しながら、思いもかけぬ窮地に陥った諫早藩を助ける、涼之進の活躍がたっぷりと楽しめるのだ。本書の締めくくりに相応《ふさわ》しい、充実の読みごたえである。

それにしてもだ。こうして全体のストーリーを俯瞰《ふかん》して、あらためて本シリーズの面白さを実感することになった。まず、作者初の藩士を主人公にした作品にすることで、新鮮な読み味がある。そして武家物をベースにしながら、ミステリーや市井《しせい》物、剣豪小説に恋愛小説など、幾つものジャンルをクロスさせることで、物語の世界を拡大しているのだ。江戸の地で縦横無尽に活躍する涼之進の評判が上がれば上がるほど、本シリーズの評判も上がっていく。そうなることが期待できる、渾身《こんしん》の新シリーズである。

（二〇一二年六月、文芸評論家）

この作品は書き下ろしです。

藤沢周平著

用心棒日月抄

故あって人を斬り脱藩、刺客に追われながらの用心棒稼業。が、巷間を騒がす赤穂浪人の動きが又八郎の請負う仕事にも深い影を……。

藤沢周平著

消えた女
―彫師伊之助捕物覚え―

親分の娘おようの行方をさぐる元岡っ引の前で次々と起る怪事件。その裏には材木商と役人の黒いつながりが……。シリーズ第一作。

藤沢周平著

ささやく河
―彫師伊之助捕物覚え―

島帰りの男が刺殺され、二十五年前の迷宮入り強盗事件を洗い直す伊之助。意外な犯人と哀切極まりないその動機――シリーズ第三作。

山本一力著

いっぽん桜

四十二年間のご奉公だった。突然の、早すぎる「定年」。番頭の職を去る男が、一本の桜に込めた思いは……。人情時代小説の決定版。

山本一力著

辰巳八景

江戸の深川を舞台に、時が移ろう中でも変わらぬ素朴な庶民生活を温かな筆致で写し取る。まさに著者の真骨頂たる、全8編の連作短編。

山本一力著

研ぎ師太吉

研ぎを生業とする太吉に、錆びた庖丁を携えた一人の娘が訪れる。殺された父親の形見だというが……切れ味抜群の深川人情推理帖！

新潮文庫最新刊

佐伯泰英著
南へ舵を
新・古着屋総兵衛 第四巻
金沢で前田家との交易を終え江戸に戻った総兵衛は町奉行と秘かに対座するが、帰途、闇祈禱の風水師李黒の妖術が襲いかかる……。

手嶋龍一著
スギハラ・サバイバル
英国情報部員スティーブン・ブラッドレーは、国際金融市場に起きている巨大な異変に気づく――。全ての鍵は外交官・杉原千畝にあり。

篠田節子著
沈黙の画布
無名のまま亡くなった天才画家。すぐれた作品を贋作と決めつける未亡人。暗躍する画商。謎が謎をよぶ、迫力のミステリー。

池澤夏樹著
カデナ
1968年、沖縄カデナ。あの夏、私たちは4人だけで戦った。「北爆」無力化のため巨大な米軍に挑んだ人々を描く傑作長編小説。

長野まゆみ著
雪花草子
幽玄の世に弄ばれる見目麗しき少年たち。人の心に巣食う残虐なる性を流麗な文章で綴る、切なくも官能美溢れる御伽草子3編。

秋月達郎著
京都丸竹夷殺人物語
―民俗学者 竹之内春彦の事件簿―
京都に伝わる数え唄「丸竹夷」の歌詞をなぞって起こる連続殺人。民俗学者・竹之内春彦が怪事件に挑む、フォークロアミステリー。

新潮文庫最新刊

早見俊著
青雲の門出
—やったる侍涼之進奮闘剣—
主君の危機を救い、大抜擢された涼之進。気合一発、次々と襲いかかる難題を解決していく。痛快爽快のシリーズ第一弾。文庫書下ろし。

「小説新潮」編集部編
怪談
—黄泉からの招待状—
ホラー小説の鬼才から実録怪談の名手まで、7人が描き出す戦慄の物語。読むだけで背筋が凍る、文庫史上最恐のアンソロジー。

城山三郎著
少しだけ、無理をして生きる
著者が魅了され、小説の題材にもなった人々の生き様から浮かび上がる、真の人間の魅力、そしてリーダーとは。生前の貴重な講演録。

塩野七生著
ルネサンスの女たち
ルネサンス、それは政治もまた偉大な芸術であった時代。戦乱の世を見事に生き抜いた女性たちを描き出す、塩野文学の出発点！

宮沢章夫著
考えない人
見舞いにウクレレを持っていく者、行き先を考えずに走り出すタクシー。巷に溢れる「考えない」人々の行状を綴る超脱力エッセイ。

将口泰浩著
キスカ島 奇跡の撤退
—木村昌福中将の生涯—
米軍に「パーフェクトゲーム」と言わしめたキスカ島撤退作戦。5183名の将兵の命を救ったのは海軍兵学校の落ちこぼれだった。

新潮文庫最新刊

春原剛著
零《ゼロ》の遺伝子
—21世紀の「日の丸戦闘機」と日本の国防—
零戦の伝統を受け継ぐ「国産戦闘機」が大空を翔る日はくるのか。「先進技術実証機（i³）」開発秘話が物語る日本の安全保障の核心。

平野秀樹
安田喜憲著
奪われる日本の森
—外資が水資源を狙っている—
国土が余すところなく買収されてしまえば、主権はどこにあるのか。外資による日本の森林買収の現実を克明にレポートした警告の書。

J・バウアー
森洋子訳
女子高生記者
ヒルディのスクープ
「幽霊屋敷」を巡る怪しげな噂の真相を探る高校新聞『コア』のメンバーが手にした特ダネとは？　痛快でちょっとほろ苦い成長物語。

ライマン・フランク・ボーム
河野万里子訳
にしざかひろみ絵
オズの魔法使い
ドロシーは一風変わった仲間たちと、オズ大王に会うためにエメラルドの都を目指す。読み継がれる物語の、大人にも味わえる名訳。

A・グレン
佐々田雅子訳
鷲たちの盟約（上・下）
一九四三年、専制国家と化した合衆国。ある死体の発見を機に、ひとりの警部補が恐るべき国家機密の真相に肉薄する。歴史改変巨編。

マーク・トウェイン
柴田元幸訳
トム・ソーヤーの冒険
海賊ごっこに幽霊屋敷探検、毎日が冒険のトムはある夜墓場で殺人事件を目撃してしまい——少年文学の永遠の名作を名翻訳家が新訳。

青《せい》雲《うん》の門《かど》出《で》

やったる侍涼之進奮闘剣

新潮文庫　は－54－1

平成二十四年八月一日発行

著者　早《はや》見《み》俊《しゅん》

発行者　佐藤隆信

発行所　株式会社新潮社

郵便番号　一六二―八七一一
東京都新宿区矢来町七一
電話　編集部(〇三)三二六六―五四四〇
　　　読者係(〇三)三二六六―五一一一
http://www.shinchosha.co.jp

価格はカバーに表示してあります。

乱丁・落丁本は、ご面倒ですが小社読者係宛ご送付ください。送料小社負担にてお取替えいたします。

印刷・三晃印刷株式会社　製本・株式会社大進堂

ISBN978-4-10-138971-4 C0193